Chère lectrice,

L'année touche presque à sa fin, et il est temps de refermer, déjà, la dernière page de votre grande saga « La couronne de Santina ». Si, depuis plusieurs mois maintenant, vous avez vibré en lisant les aventures des Santina et des Jackson, ces deux familles que tout oppose, mais qui partagent un penchant immodéré pour l'amour et la passion, vous découvrirez avec un immense plaisir le couple romantique au cœur de ce huitième et dernier tome : Allegra Jackson et le prince Alessandro (*Un mariage à Santina*, de Carol Marinelli, Azur n° 3414).

Après des fiançailles éclair à Londres avec l'héritier du trône, la ravissante Allegra fait ses bagages pour Santina, prête à tenir son rôle de promise royale. Mais, dans l'atmosphère rigide de la Cour, isolée de tous, ce qui n'était qu'un arrangement de convenance se referme bientôt sur elle comme une prison dorée. Dans cet univers bâti uniquement sur les apparences, où le devoir et l'étiquette règnent en maîtres absolus, l'amour pourra-t-il triompher, et bouleverser l'avenir ?

Un avenir qui pourrait bien se faire radieux après de nombreux orages, comme pour contredire la grisaille de novembre…

Très bonne lecture,

La responsable de collection

Un rival pour amant

SARAH MORGAN

Un rival pour amant

collection Azur

éditions HARLEQUIN

Collection : Azur

Cet ouvrage a été publié en langue anglaise
sous le titre :
SOLD TO THE ENEMY

Traduction française de
BARNABE D'ALBES

83-85, boulevard Vincent-Auriol, 75646 PARIS CEDEX 13.

Service Lectrices — Tél. : 01 45 82 47 47

www.harlequin.fr

ISBN 978-2-2802-8012-9 — ISSN 0993-4448

1.

— Personne ne te prêtera l'argent, Selene. Ils ont tous trop peur de ton père.

— Pas tous.

Selene s'assit sur le rebord du lit où sa mère était couchée et caressa ses cheveux éparpillés sur l'oreiller. Des cheveux savamment entretenus par les plus grands coiffeurs, un artifice de plus pour donner l'illusion d'une vie parfaite…

— Ne t'inquiète plus, murmura-t-elle en embrassant les joues légèrement ridées de sa mère. Je vais nous sortir de là.

Un bref silence suivit. Elles savaient toutes deux que Selene aurait pu dire : « nous sortir de cette situation où *il* nous a mises ».

— C'est moi qui devrais te tenir ce discours, soupira sa mère. Il y a des années que j'aurais dû le quitter. Mais à l'époque où j'ai rencontré ton père, il était si charmant… Quand il entrait dans une pièce, tous les regards se tournaient vers lui. Les femmes pâlissaient d'envie, elles le désiraient toutes. Tu comprends quel effet cela peut produire ?

Selene eut envie de répondre qu'elle ne risquait pas de le comprendre puisqu'elle était coincée sur cette île depuis toujours… mais elle ne tenait pas à faire davantage de peine à sa mère.

— J'imagine que c'était très exaltant, admit-elle. Tu étais très jeune, et lui riche et puissant…

Quant à elle, elle se garderait bien de commettre la même erreur que sa mère ! Oh non, jamais elle ne se laisserait aveugler par un élan amoureux au point de se tromper sur le vrai caractère d'un homme !

— C'est vraiment stupide de songer à nous enfuir alors que nous savons l'une comme l'autre qu'il ne nous laissera jamais partir. Aux yeux du reste du monde, nous sommes une famille modèle. Cette image lui est trop précieuse pour qu'il tolère de la voir écornée.

Sa mère avait prononcé ces mots sans la regarder, les yeux tournés vers le mur.

Selene se sentit soudain gagnée par la frustration. C'était comme se retrouver sur un radeau en pleine tempête avec quelqu'un qui refusait de fournir le moindre effort !

— Nous ne lui demanderons pas la permission, répliqua-t-elle d'un ton déterminé. C'est notre décision. La nôtre. Et il est grand temps de dire au reste du monde que cette « famille » n'a rien d'idéal.

Le silence par lequel lui répondit sa mère ne la surprit pas. Son père contrôlait chacun de leurs gestes et les tenait sous son emprise depuis si longtemps que la pauvre femme avait oublié qu'elle avait droit à la parole ! Malgré la chaleur estivale, écrasante dans cette forteresse privée de climatisation, Selene sentit un frisson glacial la parcourir.

Au bout de combien d'années d'asservissement renonçait-on à croire que la vie méritait qu'on se batte pour elle ? A quel moment l'espoir se dissolvait-il dans l'abattement ? Comment la petite étincelle de l'énergie laissait-elle place, un beau jour, à cet état de passivité absolue ? Et, surtout, combien d'années lui restait-il, à elle, avant qu'à son tour elle préfère mener son existence dans le mensonge et fixer d'un œil morne le mur qui la retenait prisonnière plutôt que se lever et d'affronter l'adversité ?

Derrière les volets entrouverts de l'unique fenêtre de la pièce, le soleil couchant, qui faisait miroiter la Méditerranée de ses tons orangés, semblait approuver sa résolution. Oui, la majesté de cette lumière offrait un contraste vraiment navrant avec l'obscurité qui régnait dans cette petite chambre…

Selene laissa son regard se perdre vers l'horizon. Aux yeux de bien des gens, une île grecque était forcément paradisiaque. Là-bas, dans l'archipel, certaines devaient l'être… Mais au fond, qu'en savait-elle ? Tout ce qu'elle savait, c'était que cette île-ci, Antaxos, n'avait rien d'un éden. Isolée, loin de tout, une mer dangereuse et semée de récifs en gardant jalousement l'accès… aussi menaçante pour les navires que la réputation du maître des lieux. En fait, cette île était plutôt un enfer.

— Laisse-moi m'occuper de tout ça, reprit-elle en bordant délicatement sa mère.

Cette dernière lui lança un regard inquiet avant de répondre :

— Ne le mets surtout pas en colère.

Selene réprima un soupir. Elle avait tant de fois entendu cet avertissement ! C'était comme si elle avait passé toute sa vie à marcher sur la pointe des pieds pour ne surtout pas risquer d'éveiller la « colère » de son père.

— Rien ne t'oblige à vivre ainsi, s'exclama-t-elle. A peser chaque mot que tu prononces, à méditer chacun de tes gestes à cause de lui.

Mais sa colère se mua en tristesse devant le visage défait de sa mère. Autrefois, elle avait été d'une beauté incomparable. C'était d'ailleurs cette blondeur et cette grâce venues des lointaines contrées du nord qui avaient séduit Stavros Antaxos. Sa mère s'était laissé étourdir par la fortune et le pouvoir de ce richissime play-boy méditerranéen. De dîner romantique en balade en décapotable, elle s'était laissé séduire, sans deviner, derrière cette sophistication trompeuse, la nature tyrannique de l'être pervers auquel elle liait son destin.

Un mauvais choix. Il avait suffi d'un mauvais choix, pour que sa mère en paye les conséquences toute sa vie… et qu'elle se condamne à subir les mauvais traitements d'un homme sans scrupule.

— Ne parlons plus de lui, murmura-t-elle, avant de se décider à partager la nouvelle qu'elle tenait secrète depuis plusieurs jours : Cette semaine, j'ai reçu un courrier du Hot Spa d'Athènes… Tu te souviens que je t'en avais parlé ? C'est une chaîne de très haut standing, qui possède des établissements en Crète, à Corfou — dans tous les hauts lieux touristiques. Je leur ai adressé un échantillon de mes savons et de mes bougies… Et ils les ont adorés ! Ils s'en sont servi dans leurs salles de massage, et trois clients VIP ont insisté pour en acheter : ils étaient même prêts à payer une fortune ! Et maintenant les dirigeantsveulent me rencontrer pour que nous mettions en place un vrai partenariat. C'est la chance que j'attendais !

A la pensée de ce nouvel avenir qui s'offrait à elle, une excitation indescriptible s'empara d'elle. Mais la réplique de sa mère agit sur elle comme une douche froide :

— Jamais il ne te laissera y aller.

— Je n'ai pas besoin de sa permission pour vivre ma vie selon mes propres souhaits !

— Mais comment vivras-tu ? Tu as besoin d'argent

pour monter ton entreprise. Il ne te donnera jamais un centime si cela risque de t'éloigner d'ici…

— Je le sais. C'est pourquoi je ne lui demanderai rien. J'ai un autre plan.

Machinalement, Selene se retourna vers la porte. Même si elle avait pris soin de la fermer à clé, et qu'il était impossible qu'il entre dans cette chambre — puisqu'il n'était même pas sur l'île en ce moment — elle avait appris à ne jamais s'exprimer sans avoir la certitude de ne pas être épiée.

— Maman, je vais partir cette nuit. Je te le dis parce que je ne pourrai pas t'appeler pendant quelques jours. Je ne veux pas que tu t'inquiètes inutilement à mon sujet. Officiellement, je pars au couvent pour mon habituelle semaine de retraite et de méditation.

— Mais comment pourrais-tu partir, Selene ? En admettant que tu trompes la vigilance des gardes et que tu parviennes à quitter l'île, on te reconnaîtra forcément, au-dehors. Quelqu'un l'avertira et il sera fou de rage. Tu sais à quel point il tient à maintenir l'image d'une famille unie.

Selene sourit.

— Il y a au moins un avantage à être la fille timide et recluse d'un homme que tout le monde craint : personne ne s'attend à me voir me révolter. Néanmoins, afin d'éviter tout risque, j'ai prévu un déguisement.

Sur ce déguisement, elle ne donnerait aucun détail. Pas même à sa mère, qui la dévisageait maintenant avec une expression paniquée.

— Mais… même si tu parviens sur l'île principale de l'archipel, que feras-tu ? Y as-tu seulement songé ?

— Oh, oui, répliqua-t-elle avec un sourire.

Elle ne faisait même que cela depuis des jours ! Chacune de ses pensées était tournée vers la construction de cet avenir. Un avenir qui la débarrasserait à jamais de son passé.

— J'y ai beaucoup réfléchi, et je sais parfaitement ce que je ferai. Mais il vaut mieux que tu n'en saches rien. Il suffit que tu me fasses confiance et que tu attendes que je revienne te chercher. Je t'emmènerais avec moi dès ce soir si je ne redoutais pas qu'à deux nous attirions davantage l'attention. Il vaut mieux que tu restes ici quelques jours encore : ta présence prolongera un temps l'illusion que nous formons une petite famille parfaite. Mais dès que j'aurai un peu d'argent et un point de chute, je reviendrai te chercher.

A ces mots, sa mère lui agrippa fermement le bras.

— Non. Si jamais tu parvenais à mener à bien le plan dont tu me parles, tu ne devrais en aucun cas revenir ici. De toute façon, c'est trop tard pour moi.

— Oh ! maman… Cela me rend malade de t'entendre dire une chose pareille.

Selene se pencha pour prendre tendrement sa mère dans ses bras.

— Je reviendrai, promit-elle en plongeant son regard dans les magnifiques yeux verts de sa mère. Et nous partirons alors toutes les deux. Il n'aura qu'à trouver quelqu'un d'autre à martyriser !

— Si seulement j'avais de l'argent à te donner…

Selene sentit son cœur se serrer. Les yeux de sa mère s'étaient emplis de larmes. Des larmes de culpabilité… Elles savaient toutes les deux que, si elle avait conservé une indépendance financière en se mariant, la situation serait aujourd'hui fort différente. Mais son père était rusé, il avait tout prémédité. Bien évidemment, son premier réflexe avait été de s'assurer que son épouse dépendrait entièrement de lui… Et dire que sa mère lui avait un jour confessé que, dans l'excitation des débuts, le fait que son fiancé demande à prendre *entièrement* soin d'elle lui avait paru très romantique ! Comment avait-elle pu être aussi naïve ? Hélas, elle avait vite réalisé qu'il n'avait pas du tout l'intention de « prendre soin » d'elle. Non, son seul but était de l'assujettir. Et il avait réussi. Avec son indépendance, sa mère avait perdu toute confiance en elle. Elle était devenue, comme il l'espérait, une créature prostrée, docile, à la merci des humeurs de son maître.

— Ne t'inquiète pas maman. J'ai assez d'argent pour me rendre à Athènes, la rassura Selene. Ensuite, il faudra que j'obtienne un emprunt pour monter mon entreprise.

C'était sa seule option, mais après tout d'autres qu'elle y recouraient chaque jour. C'était la vie : les gens demandaient un prêt, l'obtenaient et le remboursaient. Pourquoi n'en serait-il pas de même pour elle ? Elle obtiendrait ce prêt et elle savait qu'elle parviendrait à rembourser jusqu'au dernier centime.

— Ton père est en relation avec toutes les banques. On ne te prêtera pas d'argent, Selene, soupira tristement sa mère.

— Oh ! je le sais. C'est la raison pour laquelle je ne compte pas m'adresser à une banque.

A ces mots, sa mère releva la tête, fronçant les sourcils.

— Cite-moi une seule personne qui serait prête à faire affaire avec toi en sachant qui est ton père… Tu sais bien que cela n'existe pas.

— Si, répondit-elle, la voix vibrante d'émotion. Il existe une personne qui le ferait.

Une seule personne… Comme chaque fois qu'elle pensait à lui, son cœur se mit à battre plus vite. Elle se contraignit à reprendre son souffle pour poursuivre calmement :

— Il y a un homme qui n'a peur de rien. De personne.

— Qui ?

— Je vais aller voir Stefanos Ziakas.

Selene s'était efforcé de prononcer cette phrase sur un ton aussi détaché que possible, mais c'était peine perdue. Pâle comme un linge, sa mère la dévisageait maintenant d'un air horrifié.

— As-tu perdu l'esprit ? Ziakas est un clone de ton père, Selene ! C'est un homme dur, dépourvu de scrupule et de morale, doublé d'un don Juan manipulateur. Il n'y a pas une once d'humanité dans cet homme-là. Ne te laisse pas tromper par son visage séduisant et son sourire charismatique. C'est le diable en personne !

— Ce n'est pas vrai, répliqua vivement Selene. Je l'ai rencontré une fois, il y a de cela des années. Un soir où nous étions forcées, toi et moi, de jouer la comédie de la famille idéale en public. Stefanos Ziakas a été très gentil avec moi.

Malgré elle, Selene se sentit rougir en évoquant ce souvenir. Un souvenir qu'elle avait toujours gardé pour elle seule.

— Oui, je me souviens de cette soirée sur un yacht…, reprit sa mère. Selene, s'il a été gentil avec toi, c'est uniquement parce qu'il savait que cela exaspérerait ton père. Ils se détestent.

— Il ne savait pas qui j'étais au moment où il s'est adressé à moi.

— Mais chérie, tu étais la seule adolescente de dix-sept ans sur ce yacht. Ton identité ne laissait aucun doute. Et tout de même… Demande-toi pourquoi un homme aussi sophistiqué que lui passerait la soirée à bavarder avec une enfant alors qu'il était venu au bras d'une actrice comme Anouk Blaire ?

— Il m'a dit qu'elle l'ennuyait ! Qu'elle ne s'intéressait qu'à son apparence, et ne l'accompagnait que parce qu'un journaliste lui avait dit que c'était bon pour sa carrière. Il m'a affirmé qu'il était beaucoup plus à l'aise en ma compagnie. Nous avons parlé toute la nuit.

De tout. Elle lui avait raconté certaines choses qu'elle n'avait dites à personne. Pas au sujet de sa famille, bien sûr — elle n'aurait jamais osé s'aventurer sur ce terrain — mais sur ses rêves, ses espoirs, la manière dont elle imaginait l'avenir. Non seulement il ne s'était pas moqué d'elle, mais il l'avait écoutée avec bienveillance. Elle le voyait encore, fixant sur elle son regard irrésistible, au moment où elle lui avait demandé si, d'après lui, elle pouvait réussir à monter un jour sa propre entreprise. Sa réponse s'était gravée en elle de manière indélébile : « Vous pouvez tout accomplir si vous le voulez de toutes vos forces. »

Eh bien, justement, elle le voulait. Et de toutes ses forces.

Sa mère secoua lentement la tête.

— La lycéenne et le milliardaire... A cause d'une seule discussion avec lui, tu penses qu'il sera prêt à t'aider aujourd'hui ?

« Revenez me voir dans cinq ans, Selene Antaxos, et nous en reparlerons », avait dit Stefanos Ziakas... Dès cette nuit, sur le yacht, elle avait espéré beaucoup plus qu'une conversation, et elle aurait juré qu'il s'en doutait... De même qu'il avait deviné que la vie qu'elle menait n'avait rien de paradisiaque. En fait, elle avait senti un lien profond avec cet homme, bien plus profond qu'avec n'importe qui d'autre. Pour la première fois de sa vie, quelqu'un l'avait écoutée, avait pris le temps de l'encourager, de lui donner de sages conseils auxquels elle songeait encore jour et nuit. Comme il était réconfortant, dans les moments les plus difficiles, de se raccrocher à ce souvenir, de savoir qu'elle pouvait compter sur lui !

— Il va m'aider, affirma-t-elle.

— Cet homme risque bien davantage de te faire du mal que de t'aider. Tu n'as aucune expérience des individus de ce genre. Jamais je ne te confierais à un être tel que Ziakas, ma chérie ! Je veux te savoir auprès d'un homme gentil et doux, qui te mérite.

— Mais je ne veux pas qu'il soit gentil et doux, s'exclama Selene. S'il n'est pas dur et inflexible, il ne pourra pas m'aider ! Car s'il n'a pas le cran de tenir tête à mon père, mon projet tombe à l'eau. Je veux monter ma propre entreprise et Ziakas en sait plus long que quiconque à ce sujet. Il a tout réussi par lui-même. Il était enfant quand il a perdu ses parents, et personne ne lui a jamais tendu la main… Et regarde où il en est aujourd'hui : avant d'avoir trente ans, il est devenu milliardaire.

Oui, le parcours de Stefanos était admirable, exemplaire. Et c'était pour elle une vraie source d'inspiration. S'il avait réussi, pourquoi ne le pourrait-elle pas ?

— Chérie, tu penses vraiment qu'on peut frapper comme ça à la porte de Stefanos Ziakas pour lui demander de l'argent ? Il est protégé de l'extérieur par de multiples équipes de sécurité, exactement comme ton père. Tu n'obtiendras jamais un rendez-vous avec lui ! Surtout dans un délai si court. Même si tu parviens à quitter l'île, il ne te recevra pas.

— Si, il me recevra. Et je sais comment quitter l'île.

Déterminée à ne pas trop en révéler, Selene se releva

d'un mouvement décidé. Elle ne permettrait pas à sa mère de la décourager !

— Ne t'inquiète pas, maman, je ferais vite. Je quitterai l'île demain à l'aube, je parlerai à Stefanos Ziakas et, si tout se passe bien, je serai de retour demain soir, ce qui nous laissera encore beaucoup de temps avant son retour de… voyage.

« Voyage » était le mot qu'elles employaient toutes deux pour définir les absences régulières et prolongées de son père. Cet euphémisme lui donnait la nausée. Comment aurait-il pu en être autrement alors qu'il ne prenait pas même la peine de dissimuler ses aventures extraconjugales ? L'idée que sa mère s'accommodait de cette situation infamante la rendait plus malade encore.

Décidément, il était temps qu'elle quitte cette île. Il y avait trop longtemps qu'elle était prisonnière de ses récifs meurtriers, qu'elle était passive, réprimant du matin au soir son désir d'une vie meilleure.

De plus, la fuite devenait urgente pour une autre raison. Le chagrin, les désillusions et la peur constante commençaient à produire leur effet sur la santé de sa mère. Très faible, cette dernière avait désormais besoin de s'aliter plusieurs heures par jour. Il était temps de lui offrir le séjour régénérant — une cure thermale ou de simples vacances en montagne — dont elle avait besoin et que le monstre lui refusait.

Elle se pencha pour embrasser sa mère une dernière fois avant de partir.

— Dors bien, dit-elle doucement. Rêve de ce que tu feras lors de ton premier jour de liberté, dans ta nouvelle vie. Tu pourras enfin rire sans redouter d'attirer son attention… Tu pourras te remettre à la peinture, et les gens se battront pour acheter tes toiles, exactement comme autrefois.

— Oh ! je n'ai pas touché un pinceau depuis des années, observa sa mère. Je n'en ressens plus le désir.

— C'est parce que tu ne t'autorises plus à éprouver quoi que ce soit. Ce sera très différent quand tu ne seras plus sous son influence. Maman, tu vas récupérer ta vie !

— Et si ton père rentre de Crète plus tôt que prévu ? s'inquiéta sa mère, ses grands yeux anxieux posés sur elle. Et s'il découvre que tu n'es plus là ? Y as-tu pensé ?

Oui, elle y avait pensé. C'était un risque contre lequel elle ne pouvait se prémunir. Alors mieux valait l'ignorer. Sinon, tout était fichu.

— Il ne rentrera pas plus tôt que prévu, assura-t-elle en souriant. Il ne l'a jamais fait, n'est-ce pas ?

2.

Profondément ennuyé, Stefan s'était enfoncé dans son fauteuil managérial, les pieds posés sur son bureau.

Derrière le cocon vitré abritant le quartier général de son entreprise, Athènes s'éveillait lentement. Athènes : une ville broyée par l'infortune, s'efforçant avec difficulté de panser ses plaies, sous le regard fasciné du monde entier. Ses amis et collaborateurs l'encourageaient à déménager son siège ailleurs : New York, Londres — n'importe où, pourvu que ce ne soit plus dans la tumultueuse capitale de la Grèce.

Mais il n'en ferait rien.

Comment aurait-il pu abandonner cette ville ? La ville qui lui avait permis de devenir celui qu'il était. Et puis il connaissait trop ce sentiment de tout avoir et de tout perdre pour ne pas se reconnaitre dans le sort de cette ville. Oui, il savait ce que l'on éprouvait à passer de l'opulence au plus complet dénuement. Il comprenait la peur, l'incertitude, le sentiment d'évoluer dans le brouillard. Mais il savait aussi que la victoire n'en était que plus savoureuse. Et, en matière de victoire, il en connaissait un rayon aussi. N'avait-il pas aujourd'hui fortune et pouvoir ?

L'argent… les gens auraient probablement été surpris d'apprendre qu'il n'y accordait aucune importance. Peu lui importait d'être pauvre en vérité. En revanche, le pouvoir… c'était très différent. Très jeune, il avait compris que le pouvoir ouvrait toutes les portes. Le pouvoir transformait les « non » en « oui », les panneaux « entrée interdite » en « bienvenue ». Oui, le pouvoir avait quelque chose d'aphrodisiaque. Et quand le besoin s'en faisait sentir, le pouvoir devenait aussi la meilleure des armes.

Une arme dont il n'avait jamais eu peur de se servir…

Pour la dixième fois en trois minutes, son téléphone portable se mit à vibrer. Comme les fois précédentes, il préféra l'ignorer. Pour l'heure, il avait besoin de calme. Néanmoins, quelques coups frappés à la porte le tirèrent de ses pensées.

Irrité, il leva la tête et décocha un regard inquisiteur à Maria, son assistante, qui se tenait dans l'encadrement de la porte. Qu'avait-elle de si urgent à lui dire ? Elle savait pourtant qu'on ne le dérangeait pas impunément.

— Oh ! ne me regardez pas avec cet air-là, protesta Maria. Je sais que vous ne vouliez pas être importuné. Mais vous ne répondiez pas non plus sur la ligne interne…

Il haussa les épaules, et la jeune femme poussa un long soupir.

— L'assistante de Sonya a appelé plusieurs fois. Comme vous ne répondiez pas, c'est Sonya en personne qui a téléphoné… elle n'est pas de très bonne humeur.

— Elle appelle pour me tenir au courant de ses humeurs ? Je crois que je m'intéresse davantage au bulletin météo.

— Non, elle avait un message, reprit Maria, imperturbable. Elle me prie de vous dire qu'elle ne jouera pas le rôle de l'hôtesse à votre réception de ce soir si vous n'avez pas pris, d'ici là, une décision au sujet de votre relation. Ses mots exacts étaient, euh… « Dites-lui que c'est maintenant ou jamais. »

— Eh bien, c'est jamais. D'ailleurs, je le lui ai déjà dit, avec des mots que même un cerveau tel quel le sien aurait dû comprendre.

Exaspéré, Stefan saisit son téléphone et entreprit de supprimer tous les messages vocaux sans même les écouter. Pas besoin de relever la tête pour sentir sur lui le regard désapprobateur de Maria… Il lui adressa un sourire charmeur.

— Il y a douze ans que vous travaillez pour moi. Pourquoi faites-vous cette tête ?

— La fin d'une relation n'a donc jamais aucun effet sur vous ?

— Non, jamais.

— Cela en dit long sur vous, Stefan.

— Oui. Cela montre que je surmonte remarquablement les ruptures.

— Ou que vous vous fichez éperdument des femmes que vous fréquentez ! s'exclama Maria.

— Je m'intéresse autant à elles qu'elles s'intéressent à moi.

Maria lui jeta un regard réprobateur et saisit les deux tasses de café vides sur son bureau.

— Vous avez la possibilité de choisir n'importe quelle femme. Les plus belles, les plus gracieuses, les plus charmantes du monde. Et vous n'en trouvez pas une seule avec qui vous aimeriez faire votre vie ? Vous rencontrez le succès à tous les niveaux, sauf un. Stefan, votre vie privée est un désastre.

— Il se trouve qu'à mes yeux ma vie privée est, au contraire, une grande réussite.

— Allons… Vous espérez forcément mieux qu'une passade dans une relation amoureuse ! insista-t-elle.

— Je veux des relations sexuelles fréquentes, torrides, et sans complication.

Devant les sourcils froncés de son assistante, il sourit de plus belle.

— Je choisis des femmes qui veulent la même chose, ajouta-t-il.

— L'amour vous transformerait, dit-elle avec un regard désolé.

L'amour ? Stefan sentit un froid profond l'envahir. D'un bond, il se leva.

— Est-ce que la définition de votre poste a changé sans que je m'en aperçoive, Maria ? Une nouvelle réglementation européenne prévoit-elle que vous preniez en charge mon intimité ?

— Oh ! parfait, répliqua la jeune femme sans se démonter. Message reçu. Cela ne me regarde pas. Je ne sais pas pourquoi je m'en mêle, d'ailleurs.

Elle était déjà sur le pas de la porte lorsqu'elle se retourna pour reprendre :

— Il y a quelqu'un qui attend dans mon bureau pour vous voir. Elle parviendra peut-être à vous persuader de soigner un peu votre part d'humanité.

— Elle ? Qui cela ? Je croyais que mon premier rendez-vous était prévu à 10 heures ?

— C'est vrai. Cette personne n'a pas rendez-vous. Mais je ne pouvais pas lui refuser un entretien avec vous.

Stupéfait, Stefan lança un regard interrogateur à son assistante.

— Pourquoi ? Vous n'êtes pas là pour jouer le dragon, et empêcher les importuns de frapper à ma porte ?

— Je peux me métamorphoser en dragon en certaines circonstances, mais cela m'est tout à fait impossible si la personne qui demande à vous voir se trouve être une religieuse.

— Une religieuse ? Vous plaisantez ?

— Elle dit qu'elle doit discuter avec vous d'un sujet urgent.

Stefan s'autorisa un petit rire ironique :

— S'il s'agit de sauver mon âme, dites-lui qu'il est trop tard.

— Il n'en est pas question. Pour être honnête, je ne sais pas du tout quoi lui dire.

Stefan poussa un profond soupir.

— N'importe quelle combinaison de mots comprenant « non » et « dehors » suffira.

Après un bref silence, Maria le regarda droit dans les yeux.

— Je regrette, mais je ne peux pas renvoyer une religieuse. Je ne veux pas avoir cela sur la conscience.

Sa conscience ? Cela faisait plusieurs décennies qu'il n'avait plus eu l'occasion de songer à la sienne. Alors pourquoi Maria s'accorderait-elle ce luxe ? Agacé, il fusilla son assistante du regard.

— Quand êtes-vous devenue si naïve ? Il ne vous est donc pas venu à l'esprit qu'il pouvait s'agir d'une strip-teaseuse ?

— Je sais reconnaître un véritable habit de religieuse quand j'en vois un ! s'exclama Maria. Et votre cynisme ne vous honore pas.

— Au contraire. Mon cynisme m'a merveilleusement protégé durant des années et continuera longtemps à le faire, ce qui est indispensable… depuis que vous vous métamorphosez en guimauve.

— Je regrette, mais il m'est impossible de mentir à une bonne sœur, de prétendre que vous ne pourriez pas la recevoir, ne serait-ce que cinq minutes. Et puis elle a un sourire adorable… Si vous tenez vraiment à la mettre dehors, il faudra le faire vous-même.

Vaincu, Stefan leva les yeux au ciel.

— Bon, très bien. Faites-la entrer. Et, dès qu'elle sera partie, allez donc faire un tour dans le magasin de costumes du quartier. Vous verrez à quel point il est facile de louer une panoplie complète de religieuse.

Visiblement soulagée, Maria disparut. Exaspéré, Stefan se tourna vers la porte. Encore un contretemps sans aucun intérêt pour commencer cette longue journée.

Son irritation s'accrut encore lorsqu'il vit s'avancer vers lui la visiteuse zélée.

D'un geste bourru, il lui fit signe de s'asseoir et déclara de but en blanc :

— Si vous vous imaginez que je vais vous confesser mes péchés, mieux vaut que vous sachiez que mon prochain rendez-vous est prévu dans une heure alors qu'il en faudrait plus de vingt-quatre pour commencer à dresser la liste de mes crimes. Et si vous espérez repartir d'ici avec des espèces sonnantes et trébuchantes, je vous informe que toutes mes donations à des œuvres caritatives sont effectuées par mes avocats via une branche distincte de la société. Moi, je me contente de gagner de l'argent. Je laisse aux autres le plaisir de le dépenser.

Ce préambule aurait fait fuir n'importe qui, mais sa visiteuse se contenta de se retourner pour vérifier que la porte s'était bien refermée derrière elle.

— Inutile de vous inquiéter au sujet de cette porte, continua-t-il d'un ton glacial, parce que vous allez la franchir de nouveau dans environ cinq secondes. Je me demande ce que vous espériez obtenir avec…

Il s'interrompit en voyant la religieuse retirer sa

coiffe d'un geste vif, et laisser se répandre sur ses épaules une épaisse chevelure d'un blond étincelant.

— Je ne suis pas une nonne, monsieur Ziakas.

Sa voix était douce, suave… parfaite pour les murmures dans les froissements des draps, songea-t-il, subjugué par le contraste entre le noir de jais de sa robe et l'éclat lumineux de ses cheveux.

— Bien sûr que non. Je le savais. Mais vous êtes parvenue à en persuader mon assistante, pourtant méfiante, et à ce titre, vous méritez sans doute d'être félicitée…

Comment Maria avait-elle pu se laisser aussi facilement berner ? C'était inconcevable ! Cette femme n'avait rien d'une religieuse…

— Je dois dire que je suis habitué à voir les femmes recourir aux stratagèmes les plus tordus pour me rencontrer, mais aucune n'était jamais descendue assez bas pour usurper l'identité d'une religieuse. C'est un geste qui sent le désespoir.

— Je n'usurpe l'identité de personne. Mais il était essentiel pour moi d'être discrète.

A ces mots, Stefan resta bouche bée. Puis, il ferma les yeux et reprit lentement :

— Je regrette de devoir vous l'annoncer aussi brutalement, mais, dans le quartier des affaires d'Athènes, un costume de religieuse ne constitue pas la meilleure des tenues de camouflage. On vous remarque aussi sûrement qu'un pingouin dans le Sahara. La prochaine fois, si vous voulez passer inaperçue, optez plutôt pour un tailleur.

— Je ne pouvais pas courir le risque d'être reconnue, précisa-t-elle en jetant un coup d'œil inquiet vers la grande baie vitrée qui surplombait la ville.

Intrigué, il dévisagea la jeune femme qui se tenait

devant lui. Qui la reconnaîtrait ? Qui était-elle ? En tout cas, elle ne semblait nullement impressionnée par ses manières peu prévenantes, voire franchement grossières. Au contraire, elle semblait imperturbable. Pour la première fois depuis qu'elle était entrée dans le bureau, il prit le temps d'étudier son visage. Oui, il avait l'impression d'y retrouver quelque chose de familier… mais quoi ?

Peut-être devrait-il essayer de l'imaginer sans cette robe noire la couvrant depuis le haut du cou jusqu'aux chevilles ? Mais déshabiller mentalement une religieuse — même factice — s'avérait plus difficile que prévu…

— Je ne comprends pas, finit-il par laisser tomber, froidement. Je ne couche pas avec des femmes mariées. Alors quelle est la raison de ce subterfuge ? On se connaît, vous et moi ? Si c'est le cas, vous allez devoir me rafraîchir la mémoire. Où ? Quand ?

Comme tirée de ses pensées par sa dernière tirade, la jeune femme détourna son regard du panorama qui s'étendait sous ses fenêtres, et tourna la tête vers lui, le fixant de ses immenses yeux verts.

— Comment ? Où et quand… quoi ?

— Où et quand avons-nous couché ensemble ? précisa-t-il déterminé à aller droit au but. Je suis certain que c'était fabuleux, mais il va falloir me donner quelques détails.

Elle étouffa un petit cri de surprise avant de s'exclamer :

— Mais… je n'ai jamais couché avec vous !

— Vous en êtes sûre ?

La paire d'yeux verts le fixa avec plus d'intensité.

— Si la rumeur dit juste, monsieur Ziakas, une nuit

avec vous est une expérience mémorable. Il paraît donc peu plausible que je l'aie oublié, vous ne croyez pas ?

Plus intrigué qu'il ne voulait l'admettre, Stefan s'enfonça dans son fauteuil.

— Visiblement, vous en savez beaucoup plus long à mon sujet que moi au vôtre. Ce qui va me conduire à la question cruciale : que faites-vous ici ?

Avec un sourire ravi, elle lança d'un trait :

— Il y a cinq ans, vous m'avez dit de venir vous voir. Et voilà : les cinq ans sont écoulés. En fait, la date anniversaire est tombée il y a huit jours. Vous vous êtes montré très gentil avec moi… Vous êtes même la seule personne à l'avoir été, alors…

— Dans ce cas, il ne peut s'agir que d'un quiproquo, car je n'ai jamais été gentil avec une femme. Je me donne même beaucoup de mal pour que cela n'arrive pas. Sinon, elles se mettent toutes à rêver d'anneaux, de cérémonies et de maison à la campagne. Ce n'est pas vraiment ma tasse de thé.

Sa réflexion lui arracha un sourire.

— Vous avez pourtant été très gentil avec moi. Sans vous, ce soir-là, je crois que je me serais jetée par-dessus bord. Vous avez discuté avec moi durant des heures, jusqu'à la fin de la réception. Vous m'avez redonné espoir.

Redonner espoir ? N'était-il pas plus généralement considéré comme l'assassin de tous les espoirs de la gent féminine ? Décidément, cette femme était un mystère. Et il avait beau observer cette somptueuse chevelure blonde, ses souvenirs refusaient de lui livrer un seul indice. Le mystère était entier.

— Je vous assure que vous vous méprenez, insista-t-il. Si je vous avais rencontrée, je n'aurais pas perdu mon temps à bavarder toute une nuit. Je vous aurais conduite dans mon lit.

— Vous m'avez suggéré de revenir dans cinq ans.

Cette précision le laissa un moment perplexe.

— Oui, j'ai un don tout particulier pour la patience, c'est bien connu. Je suis sidéré par mon propre sens de la mesure, railla-t-il.

Sans trahir aucune gêne, elle sourit d'un air entendu avant d'ajouter :

— Mon père vous aurait tué.

« Mon père vous aurait tué », ce regard vert, intense... Cette fois, une impression étrange l'envahit. Il n'avait vu des yeux d'un vert aussi pur, aussi lumineux et profond qu'une seule fois auparavant. Derrière les carreaux épais d'une paire de lunettes posées sur le nez d'une très jeune fille...

— Selene ? murmura-t-il, incrédule. Selene Antaxos ?

Une lueur de malice enfantine s'alluma au fond des yeux de la jeune femme.

— Alors ça y est ! Vous me reconnaissez.

— Euh... A peine. *Theé mou*... Vous avez grandi.

Le changement relevait même de la métamorphose, à vrai dire. Il se rappelait une gamine blonde encore enveloppée de ses chairs de bébé joufflu. Une adolescente sensible, timide, sous la domination totale d'un père surprotecteur. Une princesse gâtée qui n'avait jamais été autorisée à quitter son palais infranchissable.

« Ne t'approche pas de ma fille, Zakias. » C'était cette menace implicite qui l'avait encouragé à aller bavarder avec la jeune fille. Antaxos. Son seul nom suffisait à lui gâcher une journée, et voilà qu'il se retrouvait maintenant avec sa fille dans son propre bureau. Un sentiment sombre et pénible lui noua l'estomac. Pourtant, il devait se ressaisir. Après tout, cette jeune femme n'était en rien responsable des crimes de son père.

— Pourquoi vous être déguisée en bonne sœur ? interrogea-t-il, décontenancé.

— Il fallait que je trompe le service de sécurité de mon père, expliqua-t-elle.

— Oui. J'imagine que ce n'est pas chose aisée. Mais évidemment, si votre père ne se faisait pas tant d'ennemis, il n'aurait pas besoin d'une telle barrière pour se protéger.

Dans un effort pour surmonter le dégoût et la colère que lui inspirait cet homme, il poursuivit très vite :

— Qu'est-ce qui vous amène ici ?

— Je vais y venir dans une minute. Cela vous ennuie si j'enlève ça ? demanda-t-elle en désignant sa robe. J'ai vraiment très chaud.

— Où l'avez-vous trouvée ? Dans un magasin des environs ?

— Oh ! non. J'ai fait ma scolarité chez les sœurs de Poulos, une île proche de la nôtre. Ce sont elles qui m'ont prêté cette tenue, mais je n'ai plus aucune raison de la porter, maintenant que je suis en sécurité avec vous.

Stupéfait, Stefan ne sut que répondre. Le terme de « sécurité » était sans doute le dernier qui viendrait à l'esprit de n'importe quelle femme qui avait déjà croisé sa route pour caractériser ce qu'il lui inspirait… En silence, il la regarda se libérer de sa robe et émerger dans un chemisier de soie blanche et une jupe crayon noire qui révélait une paire de jambes à damner un saint.

— C'était déjà très pénible sur le ferry, lança-t-elle en souriant. Vous ne pouvez pas vous imaginer. J'étouffais. C'est pourquoi je ne portais pas de veste.

— De veste ? répéta-t-il machinalement.

— Oui, la veste du tailleur. Vous comprenez, c'est pensé pour être porté dans des bureaux climatisés, pas dans la boîte de conserve flottante qu'est le ferry.

Stefan détourna les yeux des longues jambes nues de la jeune femme. Il avait l'impression d'avoir été écrasé par un rouleau compresseur. Relevant la tête, il sonda ce regard vert, y cherchant vainement l'adolescente qu'il avait rencontrée cinq ans auparavant.

— Vous êtes très différente, lâcha-t-il.

— J'espère bien ! En fait, j'espère que je ressemble à une femme d'affaires, parce que c'est ce que je suis, déclara-t-elle en enfilant une petite veste noire, avant d'attacher ses cheveux d'un geste vif. Il y a cinq ans, j'étais une adolescente en plein dans l'âge ingrat. J'étais hideuse.

Non. Elle était attendrissante. Et aujourd'hui, elle était… éblouissante.

— Votre père sait-il que vous êtes ici ?

— A votre avis ?

La petite bouche pulpeuse esquissa un sourire complice. Hypnotisé, Stefan tenta de reprendre ses esprits.

— Votre père ne doit pas beaucoup fermer l'œil de la nuit, ces temps-ci.

Malgré lui, des images dangereuses s'étaient mises à danser dans son esprit. Il avait une idée très précise de la façon dont il aimerait occuper les siennes, de nuits. Fermant les yeux, il se força à revoir Selene telle qu'elle était sur ce yacht, à l'adolescence. Jeune et vulnérable…

— Je devrais sans doute vous proposer un rafraîchissement. Voudriez-vous, euh… un verre de lait ?

Pour la première fois depuis qu'elle était entrée, elle lui semblait stupéfaite.

— Je n'ai pas six ans. Vous offrez souvent du lait à vos visiteurs ?

— Non. Mais il m'arrive rarement de recevoir des mineurs dans mon bureau.

— Je ne suis pas mineure. Je suis une adulte à tous points de vue !

— Oui, je le vois bien, répondit Stefan en portant une main à son col pour en défaire le premier bouton, avant de s'apercevoir qu'il était déjà défait.

Pourquoi diable la climatisation ne fonctionnait-elle pas convenablement ? Ce bureau était une fournaise.

— Mais alors, euh… Je ne sais toujours pas pourquoi vous êtes ici, ajouta-t-il.

— Mais pour affaires, bien sûr ! s'exclama-t-elle, un large sourire aux lèvres. J'ai un projet professionnel à vous soumettre.

3.

Stefan la dévisagea en silence. Les grands yeux étincelants d'espoir et d'énergie de la jeune femme suivaient le moindre de ses mouvements. C'était comme s'il était absorbé tout entier dans ce regard. Il réprima une violente bouffée de désir. L'attirance était réciproque. Oui, cela ne faisait aucun doute… Mais cela n'ôtait rien au caractère inapproprié de cet élan. Car hormis ce nouveau — et somptueux — corps de femme, Selene Antaxos semblait tout aussi naïve et vulnérable que cinq ans plus tôt. Décidément, cette affaire ne promettait que des ennuis.

— Je regrette, répondit-il. Je n'ai pas de faveur à accorder. Je ne le fais jamais.

— Oh ! je le sais, répliqua-t-elle sans paraître en rien décontenancée. Je n'espère aucune faveur de votre part. Vous savez, j'en sais beaucoup sur vous. Je sais que vous fréquentez de nombreuses femmes parce que vous ne voulez pas d'une relation durable. Je sais aussi qu'en affaires vous avez une très mauvaise réputation. On vous dit « sans pitié », « sans vergogne », « sans scrupule », « dur comme l'acier »…

Stefan haussa les épaules.

— Ce sont plutôt des atouts, dans le monde des affaires.

— Et vous ne déniez jamais démentir les choses

affreuses qu'on écrit sur vous, poursuivit-elle. En fait, vous êtes satisfait de votre image de « méchant loup ».

Il ne put réprimer un sourire amusé.

— Et pourtant, vous êtes ici.

— Je n'ai pas peur de vous. Vous êtes resté assis près de moi durant sept heures et vous m'avez parlé, quand personne d'autre ne l'aurait fait.

Tout en parlant, elle avait soigneusement plié sa robe de religieuse. Lorsqu'elle se pencha pour la ranger dans son sac, révélant son décolleté, et la naissance de ses seins galbés dans la dentelle de son soutien-gorge, Stefan sentit son pouls s'accélérer.

— Vous étiez adorable, ajouta-t-elle.

Dans un sursaut, il détourna les yeux et s'efforça de recouvrer ses esprits. « Adorable ». Si un mot pouvait éteindre sa libido, c'était bien « adorable » ! Alors pourquoi luttait-il contre une douloureuse érection ? Et pourquoi le couvait-elle de ce regard plein de confiance alors qu'elle aurait dû, au contraire, rester sur ses gardes ?

Manifestement inconsciente de l'épreuve qu'il traversait, elle lui décocha un sourire plus chaleureux que jamais.

— Cette soirée sur le yacht est un souvenir un peu embarrassant pour moi, continua-t-elle. J'étais très mal à l'aise, et même bouleversée. J'aurais fait n'importe quoi pour rendre mon père furieux et vous n'en avez pas du tout profité, alors que vous le détestez. Vous ne m'avez pas non plus ri au nez quand je vous ai avoué mon désir de monter plus tard ma propre entreprise, ni quand j'ai flirté avec vous… Vous m'avez dit de revenir vous voir dans cinq ans, et j'ai trouvé que vous aviez énormément de tact.

Elle parlait vite, presque sans reprendre son souffle.

Stefan la dévisagea un long moment. Son instinct lui soufflait que quelque chose n'allait pas, dans cette histoire. Mais quoi ?

— Vous êtes sûre que vous n'aimeriez pas boire quelque chose de frais ? insista-t-il.

— Oh si, j'adorerais une coupe de champagne ! s'exclama-t-elle, les yeux brillants.

— Il est 10 heures du matin, c'est un peu tôt, non ?

— Je sais. Mais je n'en ai jamais goûté, et je me dis que ce serait le moment idéal. Si j'en crois ce que je lis sur internet à votre sujet, l'heure matinale ne devrait pas vous arrêter…

Ce que racontait cette femme n'avait vraiment aucun sens. La famille Antaxos baignait dans l'opulence. Ils ne pouvaient que consommer abondamment du champagne !

— Croyez-le ou non, je ne bois jamais de champagne avant que la journée de travail soit terminée.

Il se tourna vers le téléphone interne, décrocha le combiné et lança :

— Maria ? Apportez-nous une grande bouteille d'eau, de la limonade ou de la citronnade… quelque chose de frais. Avec beaucoup de glaçons. Et quelques viennoiseries.

— Que c'est gentil à vous ! Je meurs de faim, avoua Selene, comme il raccrochait.

Dans un effort pour ignorer son sourire charmeur, il se résolut à l'interroger sur le motif de sa visite.

— Très bien, vous avez donc un projet d'affaires à me soumettre, dit-il. Dites-m'en quelques mots et voyons en quoi je peux vous aider.

La jeune femme se redressa sur son siège et releva fièrement le menton, comme pour se donner du courage.

— Je veux monter ma propre affaire, exactement

comme vous. Ce soir-là, sur le yacht, vous m'avez ouvert de nouveaux horizons. En me parlant de tout ce que vous aviez accompli et du sentiment grisant que procure l'indépendance, vous m'avez permis d'être sûre de ce que je voulais. Et comme vous, je veux tracer ma propre route sans jamais dépendre de qui que ce soit.

Elle sortit une chemise en cuir de son sac et la lui tendit :

— Voilà mon business plan. J'ai travaillé dur pour le mettre au point. Je crois que vous serez impressionné.

Stefan jeta un œil distrait sur le dossier. Cela faisait bien longtemps qu'il n'avait pas été impressionné. Et, franchement, il doutait que ce dossier y change quelque chose.

— Vous n'en avez pas une version électronique ? demanda-t-il.

— Je ne pouvais pas enregistrer le fichier sur l'ordinateur, mon père aurait pu le trouver, expliqua-t-elle d'une voix soudain incertaine. Mais, ce sont les informations qui importent, pas la présentation, se reprit-elle.

Etonné, Stefan parcourait rapidement les pages du regard. A vrai dire, elles étaient très professionnelles. Bien loin de la sorte de « devoir de vacances » auquel il s'était attendu. Ce n'était pas l'aboutissement d'un été d'oisiveté pour une richissime héritière, mais un dossier très solide. En revanche, il ne se débarrassait pas de l'impression qu'il y avait un problème dans toute cette histoire… Un détail attira son attention. Bouche bée, il releva vivement la tête.

— Des bougies ? C'est ça l'idée de votre commerce ?

— Ce ne sont pas seulement des bougies. Ce sont des bougies parfumées, nuança-t-elle d'une voix vibrante d'enthousiasme. J'ai suivi mes études dans un couvent et appris à faire des bougies en cours d'éducation manuelle. C'est là que j'ai expérimenté toutes les variétés de parfums pour en créer trois.

Malgré la solidité du dossier, Stefan était consterné. Des bougies ! L'objet le plus inutile, le plus ennuyeux de la planète.

Comment allait-il s'y prendre pour la mettre dehors avec délicatesse ?

— Ah, fit-il en se forçant à sourire. Et qu'ont-elles de si spécial, vos bougies ? Donnez-moi l'aperçu général, je n'ai pas besoin d'un exposé détaillé.

— Eh bien, j'ai baptisé la première Relaxation, la deuxième Energie, et la troisième Séduction.

Ses joues venaient de rosir, observa-t-il. Et la manière dont elle avait prononcé ce dernier mot trahissait l'évidence : elle n'avait aucune expérience avec les hommes. Et elle le contemplait toujours avec ce regard admiratif et confiant... quand il était le dernier homme à qui faire confiance ! Que savait-elle, au juste, de la relation qu'il avait eue avec son père ? Il y avait fort à parier que cet homme ignoble ne lui avait pas tout dit. Sinon elle n'aurait jamais eu le cran de venir le trouver aujourd'hui...

— Relaxation, Energie et Séduction, reprit-il en la regardant droit dans les yeux.

— Oui, c'est cela.

— Hum. Et que savez-vous, finalement, de la séduction ?

Selene sentit le rouge lui monter aux joues. Il ne manquait plus que ça ! De toutes les questions qu'il pouvait poser, il avait fallu qu'il choisisse celle-ci !

Pas les aspects techniques de la trésorerie, ni la cible de la marque, non… la séduction.

Eh bien à la vérité, elle n'y connaissait rien.

— Pas grand-chose, admit-elle, son sourire professionnel toujours vissé aux lèvres. Mais après tout, vous connaissez le dicton : « Pas besoin de faire le tour du monde pour être bon en géographie. »

Elle n'allait tout de même pas lui avouer que la séduction avait fait une entrée fracassante dans sa vie cinq ans plus tôt. Que, depuis cette soirée sur le yacht, son imagination avait élaboré de multiples scènes de séduction, toutes plus torrides les unes que les autres, dont il était le héros. Entre son cœur d'adolescente, son sentiment d'absolue désolation ce soir-là, et la générosité de cet inconnu, elle avait, en quelque sorte, entretenu l'image inoubliable d'un dieu fait homme. Une image qu'elle n'avait aucun mal à retrouver chez cet homme. Grand, élancé, doté d'une musculature parfaite, exhalant un parfum de puissance et de sauvagerie virile, il était toujours aussi séduisant.

Pourtant, elle aurait dû se méfier. Quelque chose d'indéfinissable, une sorte d'intuition, lui soufflait que sous ce luxueux costume, derrière les signes extérieurs de réussite, se cachait un homme plus assoiffé de pouvoir que son propre père.

Avec angoisse, elle le regarda feuilleter son dossier à toute vitesse, le visage impassible, comme si rien, absolument rien n'y était digne de retenir son intérêt. A l'évidence, il jugeait ce projet lamentable.

Ainsi, sa mère avait raison. Jamais il n'avait eu l'intention de l'aider. Honteuse, elle le dévisagea. De toute évidence, elle se trouvait face à un homme de pouvoir. Un homme pressé, accaparé par ses contrats faramineux, qui régnait en maître sur les affaires du pays.

D'après ce qu'elle avait lu sur internet, des centaines de personnes tentaient chaque année de l'approcher, pour obtenir une faveur ou un conseil professionnel. Au moins, elle pouvait se vanter d'appartenir à la petite élite qui avait la chance de décrocher un rendez-vous. Mais seulement parce qu'elle avait triché — et pour quel résultat ?

Oui, le mieux était de mettre fin elle-même à cette mascarade. De trouver le courage de dire : « Très bien, parlez-moi en toute franchise : c'est une idée idiote ? » Oh ! non, Seigneur, elle ne pouvait pas dire cela… « Que pensez-vous de ce projet d'investissement ? » Non. Rien n'irait. Elle se sentait dans la peau d'une incapable, en pleine imposture. Il devait avoir compris depuis un moment qu'elle n'avait jamais eu un seul entretien professionnel avant celui-ci…

Après un moment qui lui sembla interminable, Stefan Zakias referma enfin le dossier et le posa sur son bureau. Malgré elle, elle suivit des yeux les plis de sa chemise qui soulignait la musculature de ses épaules carrées… Son cœur se mit à battre plus vite. Seigneur, elle rêvait de cet homme pratiquement chaque nuit ! Depuis cette fameuse soirée, il occupait chacune de ses pensées…

— Selene ?

Sa voix était douce. Gênée, elle releva les yeux vers lui. Faites qu'il n'ait pas remarqué sa distraction !

— Oui. Je vous écoute, assura-t-elle d'un ton aussi ferme que possible.

Si jamais il avait deviné ce qu'elle éprouvait pour lui… Elle allait mourir de honte, là, tout de suite, dans ce bureau.

La gorge sèche, elle porta son verre de citronnade à ses lèvres pour se donner contenance. Tout ce qu'elle avait lu au sujet de Stefan sur internet lui revenait à la mémoire. La vie qu'il menait était si éloignée de la sienne qu'elle avait quelque chose de fantastique, d'irréel. Des soirées somptueuses. Des avant-premières. L'opéra, le ballet, les tapis rouges au cinéma ou au théâtre. Et que dire de la liste des noms de toutes les femmes qu'il avait fréquentées ? Elle était interminable...

— Ces bougies, reprit-il. En avez-vous un échantillon sur vous ?

— Oui, acquiesça-t-elle vivement.

Précipitamment, elle sortit de son sac la première boite qu'elle attrapa et la posa devant lui. Séduction ! Il ne manquait que ça... Pourvu qu'il ne la prenne pas pour une sorte de nymphomane.

L'estomac noué, elle attendit qu'il dise quelque chose. Mais il ne semblait pas décidé à rompre le silence. Sa bouche si sensuelle, son visage sculptural restaient parfaitement impassibles. Et que dire de ses yeux noirs, incandescents, qui pourraient faire tourner la tête de la femme la mieux avertie ? Seigneur, elle avait si chaud, qu'elle devait être écarlate, il fallait mettre fin à cette torture, et vite ! Rassemblant ses forces, elle tenta de rassembler ses derniers arguments.

— Je sais que ce projet est potentiellement viable, affirma-t-elle. Mes échantillons ont sans doute besoin d'être adaptés, mais nous vivons dans un monde difficile, où tout va très vite. Un monde où le stress est omniprésent. Les bougies parfumées représentent un luxe abordable. Je ne suis pas la seule à avoir ce point de vue. Le marché progresse actuellement de quarante pour cent par an.

— Vous espérez que je vous dise qu'à mon avis c'est un produit incontournable ?

— Pourquoi pas ? Vous n'aimez pas les bougies ?

La bouche virile de son interlocuteur s'étira en un sourire carnassier.

— Vous voulez une réponse honnête ?

— Oui, dit-elle fermement.

Après tout, elle était ici pour affaires, pas pour fondre de désir devant cet être ensorcelant.

— Eh bien, je suis un homme, reprit-il. Le seul intérêt qu'un homme puisse trouver à une bougie, c'est lors d'une panne de courant ou d'un dîner avec une femme particulièrement laide.

— Mais… Les bougies peuvent offrir bien davantage qu'une atmosphère romantique dans un restaurant, se défendit-elle. Celle que j'ai baptisée Séduction est parfumée au lotus et propose un climat idéal pour… pour…

— Pour ?

Les yeux brillants, un sourire ironique aux lèvres, pas de doute, il se moquait d'elle.

— Pour la séduction, conclut-elle lamentablement. Quelle idée avait-elle eu de donner ce nom à cette bougie ? Comme si elle y connaissait quelque chose…

— Et comment le savez-vous ?

— Parce qu'on m'a dit que c'était le cas, répondit-elle, les joues en feu.

— Mais vous n'en avez jamais fait l'expérience vous-même.

C'était un constat. En aucun cas une question. Oui, il l'avait percée à jour.

— J'ai testé Relaxation et Energie, murmura-t-elle.

— Sans fournir la même recherche pour Séduction ?

— Si… C'est juste qu'il ne s'agissait pas de recherches personnelles.

Il hocha la tête, reposa les bougies et se pencha au-dessus du bureau.

— Laissez-moi vous dire quelque chose au sujet de la séduction, Selene. Pour vous, ce n'est qu'un mot… Mais cela représente infiniment plus que cela. La séduction, c'est l'art conjugué de la tentation et de la persuasion, jusqu'à ce que vous rendiez quelqu'un fou de désir. Oui, le parfum est important, mais il s'agit moins de celui d'une bougie que de celui de la personne que vous allez séduire. Il y a aussi le toucher, et le son…

— Le son ? demanda-t-elle, la gorge nouée.

Sans la quitter des yeux, il poursuivit :

— Oui. Quand je suis avec une femme, j'aime écouter les sons que produit le plaisir dans sa bouche. Je veux l'entendre tandis que je la sens sous mes lèvres ou sous mes doigts. Et puis, il y a le goût…

Impitoyable, son regard de velours s'arrimait au sien.

— Je veux goûter chaque atome de son anatomie et l'inviter à goûter chaque atome de la mienne.

— V… Vraiment ?

— L'odorat, le toucher, l'ouïe, la vue, le goût : la séduction s'appuie sur tous les sens à la fois, et non sur un seul. Car son objet est l'envoûtement du corps et de l'esprit, qui doivent fusionner, s'extraire du champ rationnel, et se résumer en un seul et unique désir, un état primaire, élémentaire, où rien d'autre ne compte plus que l'instant présent.

Selene s'appuya au dossier de sa chaise. Un léger vertige la gagnait.

— Il faut que je songe à rebaptiser cette bougie, murmura-t-elle.

— Je ne doute pas que bien des hommes aient besoin de recourir à une bougie comme à un appât, poursuivit-il. Mais je ne suis pas de ceux-là.

Oh ! elle voulait bien le croire. Il n'avait certainement besoin d'aucun artifice pour séduire une femme.

Avec peine, la gorge sèche, elle tenta de reprendre ses esprits.

— Mais sous prétexte que vous n'êtes pas la cible du produit, cela ne lui retire pas son potentiel commercial, n'est-ce pas ?

Le visage grave, il la dévisagea longuement avant de reprendre la parole.

— J'ai une question.

— Mais oui, bien sûr. Interrogez-moi autant que vous le voudrez, suggéra-t-elle d'un ton excessivement joyeux. Trop consciente de n'être qu'une adolescente attardée aux yeux de cet homme d'affaires aguerri. Vous voulez en savoir davantage sur le produit ? Les bougies sont fabriquées avec de la cire d'abeille de la meilleure qualité, certifiée biologique et équitable. Elles sont sans fumées et sans toxicité.

— Non, c'est vrai ? Vous m'en voyez bouleversé…

Il se moquait encore d'elle… pourtant, un sourire bienveillant étirait ses lèvres.

— Ce n'était pas ma question, poursuivit-il.

— Oh. J'imagine que vous vous interrogez sur la viabilité du projet. J'ai reçu une commande de cinq mille unités de Hot Spa. C'est la plus luxueuse chaîne d'hôtellerie de Grèce, mais naturellement, vous le savez… puisqu'elle vous appartient.

— Ce n'était pas non plus ma question, dit-il.

— Je… Pardon, balbutia-t-elle, au comble de la confusion. Je parle trop. C'est ce qui m'arrive quand je suis… excitée par mon sujet.

— Ma première question, reprit-il avec un flegme inébranlable, c'est celle-ci : est-ce que vous vous ennuyez, dans la vie ?

S'ennuyer ? Que voulait-il dire ? Décontenancée, elle réprima un rire nerveux.

— Si je m'ennuie ? répéta-t-elle. Non…

— Vous êtes une héritière. Vous n'avez pas besoin de diriger une entreprise.

Oh ! Seigneur, s'il savait… Mais mieux valait s'en tenir au discours qu'elle avait préparé.

— Je veux faire mes preuves, répondit-elle avec fermeté.

— Bien, dit-il, le visage sérieux, sans cesser de la fixer. Cela va me conduire à ma seconde question : pourquoi moi ? Si vous êtes déterminée, votre père pourrait se charger de l'investissement ?

Selene se concentra pour conserver un sourire serein. Pourvu qu'il la croie !

— Je ne veux pas que le nom de mon père soit associé à ce projet. Je tiens à en être la seule propriétaire. Pas question d'accepter les faveurs de qui que ce soit. C'est pourquoi je ne peux me tourner vers les banques qui contacteraient immédiatement mon père. J'ai tâché de trouver une personne étrangère à son champ d'influence, et c'est pourquoi je suis ici. D'autant plus que vous m'aviez invitée à franchir ce pas, il y a cinq ans.

Un long silence suivit ce discours. Un silence froid, pesant, qui lui arracha son dernier espoir. Ainsi, elle s'était trompée sur toute la ligne. Autant en finir.

Désespérée, elle se leva pour prendre congé.

— Merci de m'avoir reçue.

Haussant les sourcils, il se leva à son tour, dominant toute la pièce de sa stature avantageuse.

— Vous êtes venue pour obtenir un prêt… Vous ne voulez même pas entendre ma réponse ? demanda-t-il.

— Je… Je pensais que vous auriez peut-être besoin de temps pour y réfléchir.

— Non. J'ai eu tout le temps nécessaire.

Bien. Et la réponse était non. Tous ses rêves de liberté s'envolaient.

Elle sentit un grand poids s'abattre sur ses épaules.

— Ah… Eh bien, je vous remer…

— Ma réponse est oui.

4.

Selene s'attendait si peu à un tel miracle qu'il lui fallut quelques secondes pour comprendre le sens de ces mots.

— Sérieusement ? s'exclama-t-elle, incrédule. Est-ce parce que vous ne savez pas comment me dire non ?

— Pas du tout. D'ailleurs, « non » est mon mot favori. Je n'ai aucune difficulté à m'en servir très souvent.

Mais à elle, il avait dit « oui » ! Le cœur battant, elle se sentait incapable de détacher son regard de celui de Stefan Zakias. Il était là, devant elle, impressionnant, dans toute la splendeur de sa virilité. L'homme dont elle rêvait presque chaque nuit depuis cinq longues années…

— Cela va rendre votre père fou de rage, ajouta-t-il. Cela vous ennuie ?

Oui, cela l'ennuyait. Bien sûr. La sécurité de sa mère était en jeu, et il faudrait qu'elle aille la chercher au plus vite. Un instant, elle eut envie de tout lui avouer. Mais des années de pratique du secret, ainsi qu'un profond sentiment de loyauté vis-à-vis de sa mère, lui interdirent de céder à cette tentation. De toute façon, elle en savait assez sur le caractère de Stefan Ziakas pour être certaine qu'il n'avait que faire des détails de la vie privée des autres. N'était-ce pas précisément ce qu'il évitait à tout prix dans les relations humaines — et tout spécialement avec les femmes ?

— Il devra comprendre que ma vie m'appartient et que j'ai le droit de commettre mes propres erreurs, répondit-elle. Je veux être indépendante.

— Une rébellion tardive, si je comprends bien ?

Bien sûr, il la prenait pour une petite princesse capricieuse… mais mieux valait ne pas le détromper.

— Pas vraiment, mais peu importe. Je sais que vous ne redouterez pas de lui faire face. J'ai lu un article sur vous dernièrement. Son titre était « Le choc des titans. » Apparemment, il suffit que votre nom soit mentionné quelque part pour que mon père entre dans une colère noire.

— Ah. Et il vous a expliqué pourquoi ?

— Oh ! non. Mon père ne parle jamais affaires avec une femme. Il ne sera pas ravi par mon initiative, mais il faudra bien qu'il s'y fasse. Néanmoins, si cela vous ennuie qu'il soit furieux…

— Non, ce n'est pas un problème pour moi, conclut-il.

Sans plus s'occuper d'elle, il décrocha le combiné, et s'engagea dans une conversation avec son service juridique pour finaliser la transaction. Il donna également pour instruction de tenir à sa disposition la somme d'argent dont elle aurait besoin, quel qu'en soit le montant.

Abasourdie, Selene le regardait, sans mot dire. Elle s'était tellement préparée à un refus, qu'elle n'arrivait pas à y croire. Il allait lui prêter l'argent… Juste comme ça. C'était si facile que ça en devenait presque déconcertant. N'était-elle pas bien placée pour savoir que, dans la vie, rien n'était facile ?

Peu à peu l'anxiété qui lui nouait l'estomac depuis

des jours s'estompait. Envahie par une bouffée d'euphorie, elle avait envie de danser dans toute la pièce !

Visiblement inconscient de son agitation intérieure, Stefan reposa le combiné d'un geste décontracté.

— Voilà, c'est fait. Ma seule exigence est que vous vous mettiez en rapport avec l'un de mes responsables du développement. Vous aurez ainsi accès à toutes les ressources internes du groupe Ziakas. De cette manière, vous ne serez pas soumise aux caprices des fournisseurs ou des clients.

Le cœur battant à se rompre, Selene se sentait incapable de détacher son regard de ce visage parfait. Comme les gens le connaissaient mal ! On parlait de lui à voix basse, comme d'une espèce de machine glaciale, dénuée de toute émotion humaine. Mais s'il était implacable dans certains aspects de ses affaires, elle pouvait témoigner, elle, de sa gentillesse profonde, de sa générosité totale.

Submergée par l'émotion, elle lutta contre les larmes qui lui montaient aux yeux. Comme elle avait envie de se jeter à son cou. Car il venait de lui sauver la vie, rien de moins.

— Je… C'est une merveilleuse nouvelle, murmura-t-elle, la gorge nouée. Merci. Vous ne le regretterez pas.

Elle lui tendit la main. Comme il rivait son regard au sien, elle retint son souffle. Il était si près qu'elle pouvait sentir son parfum. Il sentait bon. Le vétiver. Et quelque chose d'autre, de frais, d'épicé, de masculin… Quant à sa bouche, ourlée, épaisse, elle semblait faite pour les baisers. Il lui suffirait de se hisser sur la pointe des pieds, de se pencher, et… Mais non ! Elle perdait la tête !

Quand elle sentit la large main de Stefan se refermer sur la sienne, un frisson électrisant la traversa. Il avait de longs doigts bronzés, fermes, doux. Des doigts qui, loin d'interrompre cette poignée de main, cherchaient les siens, venaient s'y entremêler.

A son contact, une nuée de papillons frémirent au creux de son ventre. Elle n'aurait su définir ce phénomène inconnu. Mais elle se sentait légère, très légère, et elle avait chaud aussi — très chaud. Le doute n'était pas permis. Malgré son manque d'expérience, elle savait qu'elle ressentait pour lui un désir torride… sexuel.

Un désir qu'elle rêvait d'explorer, enfin, maintenant que sa vie lui appartenait.

La voix de Stefan la tira de ses pensées.

— Et maintenant que cette affaire est réglée, murmura-t-il en l'attirant plus près de lui, sans cesser de serrer fermement sa main, j'aimerais savoir jusqu'où vous comptez aller dans votre quête d'indépendance.

Grisée par cette proximité physique, elle sentit son cœur faire un bond dans sa poitrine.

— Pourquoi cette question ?

— J'ai convié quelques amis à la maison ce soir, pour une petite soirée. Il ne manque qu'une hôtesse à mes côtés. Que diriez-vous de fêter votre nouvelle indépendance ?

— Vous… Vous m'invitez à une soirée ?

Bien sûr, pour lui cela ne devait rien avoir d'extraordinaire. Comment aurait-il pu imaginer qu'elle ne participait jamais à aucune festivité ? Sauf, évidemment, lorsque son père décidait que le moment était venu de donner une interprétation de la parfaite petite famille en public… Des occasions qu'elle avait appris à redouter. Trop honteuse de se prêter à cette mascarade pour profiter du divertissement…

Alors une vraie soirée, faite pour s'amuser… Mais une pensée la faisait hésiter.

— Si je dis non, répondit-elle d'une voix hésitante, est-ce que…

— Cela n'aurait aucune conséquence sur notre marché, assura-t-il avec un sourire. Le prêt est accordé, il s'agit d'un tout autre sujet.

Alors mieux valait décliner cette proposition. Elle aurait d'autres occasions de s'amuser. Des occasions qui n'incluaient pas Stefan Zakias. Pourtant, si elle était honnête, elle mourait d'envie d'en savoir davantage.

— De quel genre de soirée s'agit-il ?

— Eh bien… Il n'y aura que des adultes. Un dîner, des conversations, des rires, de l'alcool. Pas de glaces ou de bonbons.

Une soirée. Avec lui.

— Et vous me demandez d'être votre cavalière ?

— Je ne vous garantis pas que nous danserons, mais oui, c'est exactement cela. Vous recevrez mes amis avec moi. Et quand ils seront partis, eh bien… nous irons nous coucher.

Son regard était si sexy qu'elle se sentit vaciller. La proposition était simple, claire, directe. Et cela lui plaisait. Beaucoup.

Mais bien sûr, elle devait refuser. Il fallait qu'elle rentre à Antaxos pour convaincre sa mère de la suivre. Elle n'avait plus beaucoup de temps pour l'emmener avant le retour de son père.

En même temps…

Il ne devait pas rentrer de Crète avant encore cinq jours. Et pour la première fois de sa vie, elle était libre de prendre une décision. Une décision sur laquelle son père n'aurait pas son mot à dire. A vrai dire, elle n'avait qu'une seule personne à prendre en compte : elle-même.

Elle pouvait se rendre à une soirée, si elle le

souhaitait… C'était inimaginable. Révolutionnaire. Or n'était-ce pas précisément le but de son voyage ? Mener la vie qu'elle désirait ?

— Je n'ai rien à me mettre, murmura-t-elle.

— C'est un problème qu'on peut résoudre facilement. J'ai beaucoup de rendez-vous aujourd'hui, mais je vais passer une commande et vous confier à Maria.

— Vraiment ? J'ai ce fantasme de porter une robe rouge et de boire du champagne dans une longue flûte, en compagnie d'un homme très élégant… Est-ce qu'il y aura du champagne ?

Il lui adressa un sourire renversant. Un sourire si sexy qu'il aurait dû être classé X en réalité…

— Toute la nuit, confirma-t-il.

Ainsi, le sort en était jeté. Incapable de résister plus longtemps, elle ne chercha pas à dissimuler son enthousiasme.

— Alors la réponse est oui, déclara-t-elle, la voix tremblante d'excitation.

— Bravo. Vous avez pensé à tout. Vous lui avez commandé des robes, un nécessaire de toilette pour la nuit, une tenue décontractée pour demain… Tout. Et la malheureuse est repartie enchantée. Elle vous considère comme son ange gardien. Vous n'avez pas honte, Stefan ? C'est immoral.

Stefan releva les yeux de ses contrats pour dévisager Maria, qui lui décochait un regard noir depuis le seuil du bureau.

— Ah, je suis content que vous ayez retrouvé cette expression de dragon dont je parlais ce matin. Mais c'est aux visiteurs indésirables que vous devez la réserver…

Dois-je vous rappeler que c'est vous qui avez poussé la « malheureuse » dans la gueule du loup ?

— Je ne plaisante pas, Stefan… Trouvez quelqu'un d'autre. Cette jeune femme est trop innocente. C'est une idéaliste. Elle est persuadée que vous êtes « doux et attentionné » !

— Je le sais, répondit-il, avec une fierté non contenue Pour une fois, j'ai le beau rôle. C'est très inhabituel, je l'admets, mais je suis également surpris de constater à quel point la nouveauté me plaît !

— Vous la traitez comme un petit jouet… Renvoyez-la chez son père.

Stefan s'efforça de ne trahir aucune émotion. Lentement, il reposa son stylo et demanda :

— Vous savez qui est son père ?

— Non, répondit Maria en haussant les épaules. Elle a juste dit qu'il était surprotecteur…

— Un ravissant euphémisme pour le terme « tyran », je suppose… Maria, son père est Stavros Antaxos.

Amusé, il regarda son assistante changer de couleur.

— Oui, exactement, ajouta-t-il.

Instinctivement, sa voix s'était durcie à cette évocation. Et dire qu'il avait pourtant eu deux décennies pour apprendre à se contrôler quand il mentionnait ce personnage.

— Comment diable un homme aussi effroyable a-t-il pu engendrer une jeune fille aussi délicieuse que Selene ? murmura Maria.

— Elle doit tenir de sa mère, répondit-il avec un haussement d'épaules.

— Mais… sait-elle à quel point son père vous hait ? reprit-elle en lui décochant un regard paniqué. Connaît-elle l'histoire ?

Personne ne connaissait toute l'histoire. Pas même

Maria, à qui il avait pourtant accordé plus de confidences qu'à quiconque. Oh ! elle pensait savoir — persuadée qu'il s'agissait d'une pure rivalité professionnelle entre deux mâles dominateurs donnant libre cours à leur goût malsain de la compétition. En réalité, elle ignorait tout des racines de cet affrontement.

— C'est même précisément à cause de ma relation avec son père qu'elle m'a choisi, répondit-il.

Cette fois, son assistante fronça les sourcils.

— Peut-être. Mais cette invitation n'a-t-elle vraiment rien à voir avec le fait que vous êtes le dernier homme au monde avec lequel son père souhaiterait la voir ? Et que vous seriez fou de joie de le faire enrager ?

Stefan sourit et admit :

— Il s'agit là d'un bonus agréable.

— Oh ! Stefan… Je m'inquiète pour elle.

— Je ne me rappelle pas vous avoir déjà vue vous montrer aussi protectrice envers l'une de mes fréquentations, s'étonna-t-il.

— C'est parce que d'ordinaire vous sortez avec des femmes qui n'ont pas besoin d'être protégées de qui que ce soit. Elles savent dans quoi elles s'engagent.

— Eh bien, raison de plus pour changer un peu, railla-t-il. Au fait, est-elle prête ? Je suppose qu'elle est encore occupée à ses essayages ?

— Pas du tout, rétorqua Maria triomphalement. Elle a fait son choix en moins d'une minute, après un essayage à peine plus long. Il y a longtemps qu'elle est partie se promener en ville. Et en ce moment, elle vous attend dans le grand hall.

— Parfait. Je l'apprécie de plus en plus.

Vu le nombre de robes du soir qu'il avait fait porter ici avant de partir en réunion, il aurait juré qu'elle en avait pour des heures…

— Au fait, si cela ne vous ennuie pas, je crois qu'elle aimerait obtenir son financement en espèces. Elle n'a pas encore de compte en banque. Et je suppose qu'elle a besoin de récupérer cet argent le plus rapidement possible. Elle semblait un peu nerveuse à ce sujet.

— Bien sûr, aucun problème… Oui, décidément, elle me plaît beaucoup, insista-t-il, un sourire carnassier aux lèvres.

Maria croisa les bras sur sa poitrine en signe réprobateur.

— Elle se fait une très haute opinion de vous, Stefan !

— Je le sais, dit-il en lui décochant un clin d'œil.

— Enfin… Où est votre conscience ? s'offusqua-t-elle.

Il enfila sa veste et se leva avant de répliquer, malicieux :

— Ma quoi ?

Abasourdie, Selene regardait la splendeur qui l'entourait. Lorsqu'il avait parlé de sa maison, elle avait imaginé quelque chose de modeste… Et en aucun cas cette somptueuse villa au cœur de plusieurs hectares de terres ! A l'intérieur, tout était spacieux, aéré, confortable. Rien à voir avec la forteresse privée de lumière où elle avait grandi ! Ici, une architecture novatrice offrait la part belle au verre et au Plexiglas. Ce sentiment de liberté et d'espace était d'autant plus délicieux que les teintes chaudes des murs et la multitude de fauteuils immenses invitaient à la détente. Oui, le climat qui régnait dans cette demeure était chaleureux, comme la Méditerranée.

Au-dehors, une immense terrasse menait à des jardins saturés de couleurs vives, au milieu desquels sinuait un sentier menant à une plage privée. Ici, la mer ressemblait à une déesse bienfaisante, loin de la force hostile qu'elle représentait à Antaxos. Pas de rocs, de récifs pour faire échouer les bateaux, mais du sable fin et une eau translucide.

Tandis que Stefan lui faisait admirer le rivage, elle ôta ses sandales pour effleurer la mer du bout des orteils.

— C'est donc pour ça que les touristes considèrent les îles grecques comme une destination de rêve, murmura-t-elle, oubliant que son compagnon ne pouvait comprendre ce commentaire.

— Cela vous surprend ?

Elle tourna les yeux vers les eaux turquoise, puis admira la villa qui se découpait sur les vignes et les bosquets fleuris. C'était comme découvrir la couleur après avoir passé sa vie en noir et blanc !

— Antaxos ne ressemble pas du tout à cela, murmura-t-elle. Il n'y a pas de sable, seulement des rochers.

Mieux valait ne pas aller plus loin. Du reste Antaxos avait déjà une réputation sinistre. Une rumeur prétendait même qu'autrefois une femme follement amoureuse de son père s'était noyée en tombant du sommet de l'un de ces terribles récifs.

— J'aime la lumière ici, reprit-elle. Vous avez une maison très… heureuse.

— Heureuse ? répéta-t-il en la dévisageant avec curiosité. Vous pensez qu'un édifice a des émotions ?

— Oui, bien sûr. Pas vous ?

— Hum… Je pense qu'un bâtiment est un bâtiment.

— Oh non, détrompez-vous. Une maison peut changer quelqu'un. Ici, le soleil vous donne envie de sourire. Et tout cet espace… On sent vibrer la liberté ! J'ai toujours voulu être un oiseau, pour pouvoir m'envoler…

Et échapper à l'enfer de cette île où elle était restée prisonnière depuis trop longtemps. Enfin, elle avait réussi. Et c'était tout ce qui comptait. L'oiseau avait quitté sa cage. Elle pouvait entamer une nouvelle vie.

Excitée, elle tournoya sur elle-même. Aussitôt, elle sentit les bras de Stefan, se refermer autour de sa taille.

— Doucement... Vous allez perdre l'équilibre. J'ai vu des photos de votre château à Antaxos, vous savez. Il est immense.

— Ce n'est pas ce que vous croyez, soupira-t-elle. Mon père n'aime pas dépenser l'argent. Pas pour des choses matérielles.

— Mais existe-t-il une seule chose au monde que votre père aime ? demanda-t-il.

« Oh ! oui. Dominer. Blesser les gens. Les humilier. Les tenir à sa merci, les broyer... »

— Gagner, répondit-elle en plongeant son regard dans celui de son compagnon.

— Oui, murmura-t-il, le visage soudain sombre. Oui, en effet.

— Vous détestez vraiment mon père, n'est-ce pas ? demanda-t-elle.

Il sourit.

— Je dois admettre qu'il n'est pas vraiment la personne que je préfère en ce bas monde...

Selene frissonna. Elle savait que cet homme était aussi dur que son père. Mais elle avait une envie folle d'ignorer la petite voix qui lui serinait cet avertissement depuis des heures...

Le prêt qu'il lui avait accordé allait lui changer la vie. Pourtant, loin de s'en contenter, il l'invitait à une soirée, lui offrait son premier vrai rendez-vous galant... et sa première nuit avec un homme. Après tout, il était bien normal d'éprouver un peu d'appréhension.

Comme ils revenaient dans la villa, il la guida vers une immense pièce, elle aussi baignée de lumière.

— Oh ! Une piscine ! Juste devant la terrasse de cette chambre. Et la vue sur la mer aussi… C'est extraordinaire ! C'est là que je vais dormir ?

— C'est ma chambre, annonça-t-il. Mais nous pouvons la partager, *koukla mou*.

A ces mots, l'air se chargea d'électricité entre eux. Le lit était immense. Il semblait si confortable, avec ses multitudes de coussins et d'oreillers, qu'elle avait envie de s'y jeter. Une énergie nouvelle bouillonnait dans ses veines, et chaque fois qu'elle croisait le regard hypnotique de son hôte, elle ressentait le besoin absolu, vital, de connaître le goût de ses lèvres. Son sourire enjôleur lui donnait le vertige. Il y avait si longtemps qu'elle rêvait d'être dans ses bras…

Elle releva la tête et constata qu'il n'était plus qu'à quelques centimètres d'elle.

Le cœur battant à tout rompre, elle s'abandonna à ces mystérieux yeux noirs qui semblaient vouloir l'aspirer tout entière. Une boule de chaleur se formait dans son ventre, et elle retint son souffle en le voyant approcher encore plus près, en silence. Il la dominait de toute sa taille. La séduction virile qui se dégageait de lui la retenait prisonnière.

Fermant les yeux, tous les sens en alerte, elle savoura le premier contact de ses lèvres fraîches sur les siennes. Un courant électrique la traversa de la tête aux pieds. Cette caresse était exquise… La bouche de Stefan effleura d'abord doucement la sienne, avant qu'il ne glisse une main autour de sa taille pour l'attirer vers lui et approfondir son baiser.

Etrangement, elle ne ressentait aucune timidité. Au contraire, elle entrouvrit la bouche et le laissa enrouler sa langue autour de la sienne, répondant avec ferveur à chacun de ses mouvements. Jamais elle n'aurait imaginé qu'un baiser pouvait être aussi grisant… Au moment où elle poussait un petit soupir de bien-être, il s'éloigna d'un pas et la dévisagea d'un œil malicieux.

— Vous devriez vous montrer plus prudente avec les hommes.

— Je vous fais confiance, répondit-elle.

— Vous ne devriez pas.

— Pourquoi pas ? Vous n'êtes pas payé par mon père, cela me suffit.

Il sourit, fit quelques pas vers la fenêtre et se retourna vers elle, le visage plus grave.

— Vous avez accepté de m'accompagner jusqu'ici pour la nuit, mais je tiens à ce que vous sachiez qu'à tout moment vous êtes libre de changer d'avis, dit-il.

Décidément, cet homme était un parfait gentleman…

— Merci, souffla-t-elle. Mais non, je ne changerai pas d'avis.

5.

Les sens enflammés par ce baiser, Stefan préféra laisser la jeune femme se préparer. Comment pouvait-elle avoir un tel effet sur sa libido ? C'en était presque terrifiant. Mais comment résister ? Son enthousiasme, son naturel, sa candeur, et sa beauté spectaculaire… Le cocktail était explosif.

Dans le salon où il recevait ses premiers invités, il pouvait lire la curiosité sur tous les visages : on savait qu'il aurait une compagne à son bras, et, comme il avait refusé de donner son nom, les spéculations allaient bon train.

— Allons, Stefan, il est temps d'en finir avec ce suspense, dit d'un ton irrité une actrice hollywoodienne qui flirtait avec lui depuis des mois. Qui est-ce ? Ce n'est donc pas Sonya ?

— Non, ce n'est pas Sonya.

— Tu es un homme cruel, renchérit Carys Bergen, qui ne faisait pas non plus secret de son intérêt pour lui. Tu nous la caches depuis plus d'une demi-heure. L'as-tu enfermée, la malheureuse ?

Agacé par ces remarques, il laissa ses hôtes déguster hors-d'œuvre et apéritifs pour aller chercher la jeune femme.

En se dirigeant vers la chambre principale, il profita

du passage d'un serveur pour attraper deux coupes de champagne sur son plateau.

— Selene ? demanda-t-il en frappant à la porte.

— Oui, je suis ici.

A peine fut-il entré dans la pièce qu'il se figea, bouche bée. Face à lui, une créature de rêve le regardait avec un sourire amusé.

Cette fois, la lycéenne complexée avait totalement disparu. La sirène qu'il contemplait avec incrédulité était une femme fatale jusqu'au bout des ongles. Sa somptueuse chevelure blonde, parfaitement lissée, tombait sur ses épaules nues. Des épaules fines, délicates, délicieusement ambrées. Ses superbes yeux verts, aux cils galbés de mascara, semblaient plus brillants que jamais. Avec une petite touche de gloss, sa bouche pulpeuse et fraîche ne perdait rien de sa séduction naturelle.

Quant à sa silhouette…

Sa taille fine et son adorable poitrine aux proportions parfaites étaient moulées dans une robe grenat découvrant, dès le genou, ses jambes longilignes.

Si le vêtement avait quelque chose d'outrageusement provocant, elle avait opté pour un maquillage si léger et une coiffure si simple qu'elle avait l'air d'un ange dans l'habit du diable.

— Cette robe est… incroyable, murmura-t-il.

A vrai dire, il était si troublé qu'il en perdait le fil de ses pensées.

— Ah ? Mais vous passez votre vie auprès de femmes qui collectionnent les robes les plus sophistiquées de la planète… Alors qu'est-ce qui rend celle-ci si spéciale ?

— La personne qui la porte, répondit-il.

— Merci, monsieur Ziakas, répondit-elle avec un clin d'œil malicieux, avant d'éclater de rire.

Et elle accueillait ses compliments avec humour… Oui, cette femme était différente de toutes celles qu'il connaissait. Décontenancé, il lui tendit une coupe de champagne.

— La coupe de champagne, une ravissante robe rouge, un cavalier en tenue de soirée. Je crois que c'est la première fois de ma vie que j'exauce le rêve d'une femme.

— Oh ! que c'est bon…

Avec bonheur, il la regarda porter le champagne à ses lèvres et vider la flûte d'un trait, comme s'il s'agissait d'un verre d'eau.

— Exquis ! s'exclama-t-elle.

— Attention, Selene. Si vous voulez garder un souvenir de cette soirée demain, vous devez boire beaucoup plus lentement.

— Oh ! mais c'est parce que j'adore ce goût frais et ces bulles qui chatouillent la gorge ! L'une des choses les plus merveilleuses pour inaugurer mon indépendance, n'est-elle pas de pouvoir décider de ce que je bois ?

— Très bien. Mais aussi enchanté que je sois de vous voir apprécier le champagne et ses vertus aphrodisiaques, j'aimerais mieux avoir à mon bras une cavalière consciente, ce soir. A partir de maintenant, ne buvez que de petites gorgées et comptez toujours jusqu'à cent entre deux.

Il lui prit la coupe vide des mains pour la poser sur une console, mais il suspendit son geste, hypnotisé par le regard éperdu de reconnaissance que lui adressait la jeune femme.

— Merci, dit-elle en le regardant droit dans les yeux.

— Pourquoi me remerciez-vous ?

— Pour avoir accepté de m'aider, pour m'avoir invitée à cette soirée, pour m'avoir offert cette robe somptueuse... C'est une journée parfaite au commencement de ma nouvelle vie, et je vous la dois entièrement. Vous êtes mon héros.

Elle secoua la tête et ajouta d'une voix désolée :

— Les gens se trompent tellement à votre sujet...

— Vous êtes beaucoup trop confiante, Selene. Et s'ils avaient raison ?

Visiblement peu troublée par sa remarque, elle s'approcha et passa ses bras autour de son cou.

— Vous savez ce que je crois ? Je crois que vous avez créé cette image de play-boy pour tenir les gens, plus spécialement les femmes, à distance. Parce que vous avez peur de l'intimité.

Stefan sentit tous ses muscles se raidir. Que savait-elle exactement ? Avec une profonde inspiration, il se força à se détendre. Elle avait dû lancer cette piste au hasard, pour le faire réagir. Oui, forcément.

— Non seulement je n'ai pas peur de l'intimité, répondit-il, mais je ne demande qu'à vous le prouver. A condition que vous buviez avec plus de discernement au cours des heures qui viennent... Sinon, nous ne parviendrons jamais à la partie la plus intéressante de la soirée. Et maintenant venez. On nous attend.

— ... que je vous présente Selene Antaxos.

Depuis que Stefan avait publiquement vendu la mèche, Selene sentait son mal-être grandir. Tout le monde la dévisageait. Inutile de se faire des illusions. Ce n'était pas son imagination qui lui jouait des tours. C'était la réalité. Sur la petite quinzaine d'invités, certaines personnes la lorgnaient du coin de l'œil avec discrétion, d'autres l'étudiaient derrière leur coupe de champagne, et quelques regards plus insistants se distinguaient ici et là.

En tout cas, ils exprimaient tous la même émotion : la stupeur.

Mal à l'aise, elle saisit une flûte sur le buffet, se dirigea vers le vestibule et porta le champagne à ses lèvres.

Un petit moment de solitude l'aiderait sans doute à reprendre contenance. La voix de Stefan la fit tressaillir.

— Vous savez ce que vous faites ?

— Oui, ce que j'ai envie de faire. Venir ici, choisir ma robe et boire du champagne.

— Certains choix garantissent une migraine terrible le lendemain matin.

— Le jeu en vaut la chandelle.

— Je vous le rappellerai demain, quand vous ramperez dans la salle de bains, une serviette glacée sur la tête.

Comme elle levait son verre en signe de défi, prête à en avaler une nouvelle gorgée, il le lui ôta des mains. Avant même qu'elle n'ait eu le temps de comprendre ce qu'il faisait, il couvrit ses lèvres en un impérieux baiser.

Un baiser passionné, exigeant, au point de lui faire tourner la tête. Un frémissement qui partait de sa nuque se propagea dans tout son dos. Stefan s'emparait de sa bouche avec une expertise érotique redoutable, qui la faisait fondre de plaisir. Déjà, elle ne pensait plus à la foule qui les entourait.

— Ouh… Quelle fièvre ! Vous devriez peut-être vous réfugier tout de suite dans une chambre, s'esclaffa une voix féminine derrière eux.

Subitement arrachée à cette étreinte enivrante, Selene se retourna, mais Stefan l'agrippait fermement par la taille, l'empêchant de quitter ses bras.

— Quel étrange sens de l'à-propos, Carys, répliqua-t-il d'une voix glaciale.

Déçue, Selene dévisagea la jeune femme qui les avait interrompus. Vu le regard peu amène que lui lançait Stefan, il y avait fort à parier qu'il ne la portait pas dans son cœur. Qui était-elle ?

— Je suis Carys, lança celle-ci, comme si elle avait deviné sa question muette. Et vous êtes Selene. Ravie de faire votre connaissance.

Prise de cours, Selene répondit :

— Vous me connaissez ?

Quelle remarque stupide ! Stefan venait de la présenter…

— Bien sûr ! Même s'il est inhabituel de vous voir sans vos parents. Vous êtes une famille si soudée.

Au prix d'un effort surhumain, Selene conserva un sourire inébranlable.

— Je suis également très heureuse de vous rencontrer.

— Quant à toi, enchaîna Carys en fixant Stefan, je dois reconnaître que tu es un génie du machiavélisme. Belle prise : jeu, set et match, Stefan.

Que voulait-elle dire ? Mais ce n'était pas ses affaires après tout. Cette remarque ressemblait fort à un message codé à la seule destination de Stefan. Autant ne pas s'en mêler. En silence, elle regarda Carys attraper deux coupes de champagne sur le plateau d'un serveur et lui en tendre une.

— Portons un toast à votre existence, reprit la jeune femme.

Stefan lui adressa un regard réprobateur, mais que faire ? Elle n'allait tout de même pas refuser de boire cette coupe devant une femme aussi sophistiquée… Aussi avala-t-elle une nouvelle gorgée de ce liquide léger et frais.

Une sensation de bien-être l'envahit. C'était comme si l'alcool promenait ses petites bulles jusque dans ses veines et lui redonnait courage. A côté d'elle, les gens discutaient, debout ou assis dans les confortables canapés de cuir beige. Mais personne ne s'aventurait sur la piste de danse. Quand elle en demanda la raison, Carys parut amusée.

— C'est sans doute la faute du maître des lieux, admit Stefan en soupirant. Je ne danse jamais.

— Ah non ? Pourquoi cela ?

— Cela me donne chaud.

— Et alors ?

Comme elle faisait quelques pas en direction du centre de la pièce, irrésistiblement attirée par les accords de jazz qui s'élevaient, Carys lui lança un regard de défi et l'avertit :

— C'est comme vous voulez, Selene, mais je crains fort que vous ne parveniez pas à convaincre Stefan. Ou alors cela signifierait que vous pouvez réussir là où toutes les autres ont échoué…

Selene comprit à cet instant que c'était précisément ce que cette femme désirait de toutes ses forces. Qu'elle échoue ! Avec un regard implorant vers Stefan, elle se mit à onduler au rythme de la musique, savourant les mouvements de la soie de sa robe sur ses hanches.

Lorsqu'elle rouvrit les yeux, Stefan se tenait devant elle. Il passa une main autour de sa taille et l'attira contre lui. Un frisson délicieux lui courut sur la peau. Carys disparut aussitôt de leur vue.

— Elle me déteste, observa-t-elle tristement en

posant son front sur l'épaule de son compagnon. Pas à cause de mon père… Elle est folle de vous.

Stefan lui décocha un coup d'œil admiratif.

— Vous n'êtes pas si innocente, finalement, n'est-ce pas ?

— Je sais assez bien lire sur le visage des gens, répondit-elle. Mais je suis meilleure dans un autre exercice…

Tout sourire, elle lui lança une œillade joyeuse.

— Lequel ? demanda-t-il.

— La danse ! s'exclama-t-elle en tournoyant sur elle-même, exécutant une double pirouette avant d'échouer dans ses bras.

— Plus de champagne, murmura-t-il en la rattrapant.

— Oh… Rabat-joie. Je veux seulement commencer à vivre ma vie !

— Oui, mais rien ne presse. Vous n'avez pas besoin de tout faire aujourd'hui.

Grisée par la danse, le champagne et le contact de la main de Stefan sur sa taille, elle sentit la sueur perler à son front. Oui, peut-être devrait-elle calmer un peu le jeu. La tête posée au creux de l'épaule de Stefan, elle accepta de se laisser guider sur un rythme plus langoureux. Les yeux fermés, elle savourait la chaleur de ce corps si viril qui la protégeait de tout le reste.

— Oh ! vous êtes exceptionnel, murmura-t-elle. Et vous sentez divinement bon.

— Selene…

— Et vous embrassez comme un dieu, aussi. Vous devez avoir des années entières de pratique derrière vous pour être parvenu à un tel résultat. C'est merveilleux de pouvoir déjà rayer une ligne sur ma liste.

— Vous avez une liste ? s'exclama-t-il, visiblement estomaqué.

— Oui. Au cours des années, j'ai fait une liste de dix choses à expérimenter dès que je quitterais l'île, et que commencerait ma nouvelle vie. Etre embrassée en fait partie, et je suis heureuse d'être tombée sur vous plutôt que sur un vulgaire amateur. Un autre souhait est de me réveiller au matin auprès d'un homme incroyablement séduisant.

Stefan secoua la tête et répliqua en riant :

— Voilà ce qui arrive aux demoiselles éduquées sous un régime trop strict ! A la première occasion, elles s'encanaillent et osent n'importe quoi. Il y a à peine quelques heures, vous étiez encore une jeune fille timide, découvrant Athènes pour la première fois… Qu'y a-t-il d'autre, sur cette liste ?

— Prendre mes décisions par moi-même, par exemple. Et faire l'amour, évidemment. De manière libre, sans aucune retenue.

— Avec quelqu'un en particulier ?

L'accent moqueur de la voix de son compagnon la fit sourire.

— Oui, dit-elle en plongeant son regard dans le sien. Vous.

Après tout, autant se montrer honnête.

— Bon, dit-il avec un soupir, je crois que le champagne commence à parler par votre bouche.

— Pas du tout, protesta-t-elle, je suis sûre que c'est bien moi ! Même si le champagne me donne un petit encouragement, c'est vrai. C'est excellent pour lever les inhibitions, vous ne trouvez pas ?

— Oh si, je partage votre avis.

D'un geste autoritaire, il l'invita à quitter la piste de danse et l'entraîna au-dehors.

Selene respira l'air frais à plein poumons. Comme c'était grisant ! Sur la terrasse, quelques invités discutaient, installés dans d'élégants fauteuils. Des serviteurs passaient, et elle était sur le point d'aller chercher une nouvelle coupe de champagne, quand Stefan la retint fermement. Il l'entraîna dans la direction opposée, le long du petit sentier qui menait à la mer.

— Mais qu'est-ce que vous faites ? s'offusqua-t-elle. Et pourquoi marchons-nous si vite ?

— Je vous retire à la vue du public avant que vous ne finissiez par rouler sur le sol en bavardant à tort et à travers. Croyez-moi, demain, vous le regretteriez.

Stupéfaite, elle le dévisagea. Comme il était beau... Obnubilée par ses traits parfaits, elle le fixait obstinément, sans accorder la moindre importance au sentier. Elle trébucha, et il jura entre ses dents tout en l'aidant à se redresser.

— Jamais je n'aurais dû vous laisser boire tout ce champagne, maugréa-t-il. Une première fois... Et vous aviez quasiment l'estomac vide ! C'est de la folie.

— Allons, allons, s'esclaffa-t-elle. Quelle affaire pour si peu...

— Selene, reprit-il avec force, avez-vous seulement conscience de ce que vous faites ? Vous venez pratiquement de vous jeter dans mes bras !

— Oui, mais c'est parce que je suis directe, pas à cause du champagne... Cela vous gêne qu'une femme puisse autant aimer le sexe qu'un homme ?

Il leva les yeux au ciel.

— Non, mais...

— Alors pourquoi êtes-vous si fâché ?

— Je ne suis pas fâché. En revanche, figurez-vous

que je suis quelques règles simples, de temps à autre, et que l'une d'elles est de ne jamais faire l'amour avec une femme ivre. Vous devriez m'en être reconnaissante. Selene… Selene ?

6.

Une main repliée sous la nuque, Stefan était étendu dans son lit. Les premières lueurs de l'aube se profilaient dans le ciel sombre et, sur le rebord de la piscine, il pouvait distinguer la silhouette d'un oiseau. Il plongeait parfois dans l'eau, barbotait un instant, avant de s'ébrouer joyeusement, comme par jeu. Tout à son plaisir, il gazouillait…

A vrai dire, cet oiseau lui rappelait Selene…

Il tourna la tête vers la jeune femme.

A côté de lui, elle poussa un gémissement étouffé avant de s'étirer. Puis, elle ouvrit les yeux, les referma aussitôt et protesta :

— Oh ! mon Dieu, éteignez cette lumière ! Oooh… Comment pouvez-vous être si brutal ? Ma tête !

Malgré lui, elle lui arracha un sourire. Cette spontanéité, cette fraîcheur, cet enthousiasme… il commençait à comprendre pourquoi son père la protégeait autant. Elle était une proie idéale pour le premier individu sans scrupule qui croiserait son chemin.

Et en ce moment, elle était dans son lit…

Son lit, dans sa villa. Sa villa où aucune femme n'avait jamais passé la nuit auparavant. Cette même villa qu'il avait bâtie à partir de rien, juste après que Stavros Antaxos eut tout arraché à sa famille. Quelle ironie !

Même s'il dormait dans des draps de soie, comment oublier qu'il avait connu le froid, les nuits sur un sol de béton et dans les odeurs d'ordures ? Comment effacer de sa mémoire la douleur de voir l'être qu'il aimait le plus au monde rire auprès de celui qu'il haïssait le plus ?

S'extirpant de ces sombres pensées, il entortilla une mèche de cheveux blonds et soyeux autour de son doigt pour murmurer à la forme qui se tapissait sous l'oreiller :

— Je ne peux pas l'éteindre, car cela s'appelle le soleil. Le jour commence à se lever. Et votre mal de crâne n'a rien à voir avec la lumière. C'est juste le champagne.

Comme a contrecœur, elle émergea légèrement de sous les couvertures et entrouvrit prudemment un œil.

— Oh ! mon Dieu ! Vous êtes nu ?

Avec un gémissement affolé, elle se réfugia de nouveau sous le drap.

Il ne put s'empêcher d'éclater de rire.

— Oui, je suis nu. Et vous aussi. C'est ce qui arrive souvent quand deux personnes passent la nuit ensemble.

Patiemment, il attendit qu'elle s'imprègne du sens de ses paroles. Le moment où elle se rendrait compte de ce qu'il venait de dire. Il savait qu'elle allait avoir des regrets… Et au moins, la prochaine fois, elle se montrerait plus prudente.

Mais elle restait silencieuse, comme si la nouvelle ne l'avait pas encore atteinte.

Il fit mine d'être choqué et lui lança sur un ton de reproche :

— Si je comprends bien, vous êtes nue dans mon lit et vous ne vous rappelez absolument pas ce qui s'est passé cette nuit ?

— Je sais, soupira-t-elle. Je suis furieuse.

— Parfait. Vous avez bien raison de l'être. J'ai abusé de votre faiblesse.

— Non, je ne suis pas furieuse contre vous. Seulement contre moi. Vous m'avez répété cent fois de cesser de boire, et j'ai bu quand même. Comment vous en vouloir ? Vous avez été merveilleux.

— Mais c'est moi qui vous ai entièrement déshabillée pour vous coucher dans mon lit, s'exclama-t-il.

— Oh ! cette robe m'aurait empêchée de dormir à mon aise, et je me serais réveillée constamment. Je vous remercie, au contraire, de cette délicatesse.

Cette fois, l'ironie de la situation allait vraiment trop loin. Il avait passé sa vie à causer les pires désillusions aux femmes qu'il fréquentait, et, maintenant qu'il essayait d'en infliger une délibérément, elle le transformait en parfait chevalier.

Il allait devoir se montrer plus audacieux s'il voulait la choquer :

— C'était une nuit terriblement excitante. Je suis désormais intime de votre corps tout entier…

Penché sur son oreille, il murmura :

— Et vous du mien.

Selene attrapa le verre d'eau posé près d'elle sur la table de chevet et en but une longue gorgée avant de répondre :

— Vraiment ?

— Oh, oui, assura-t-il avec son sourire le plus carnassier. Vous étiez si excitée, si débridée, si inventive… Très surprenant, de la part de quelqu'un qui avait si peu d'expérience. Quand vous m'avez demandé de vous attacher, j'admets avoir été un peu surpris. Je ne pensais pas qu'une femme aussi innocente pouvait souhaiter offrir tant de pouvoir à un homme.

Il s'attendait à une grimace horrifiée, à la stupeur, au choc... Certainement pas à un sourire !

— Oh ! je vous fais confiance, répondit-elle avec ce sourire angélique qui n'appartenait qu'à elle. Je serai toujours d'accord pour faire tout ce dont vous avez envie.

— Mais... Je pensais que vous me faisiez confiance parce que vous étiez ivre ! Et visiblement je me suis trompé. Bon sang, que faut-il faire pour que vous manifestiez un peu de prudence ?

— Je suis prudente dans les situations qui l'exigent. Ce n'est pas le cas avec vous.

— Vous devriez être furieuse, insista-t-il.

— Je le suis ! Furieuse d'avoir gâché une nuit très spéciale en ne vous écoutant pas quand vous m'invitiez à arrêter le champagne.

— Mais... J'ai abusé de vous !

— En aucun cas. C'est moi qui devrais vous présenter mes excuses pour m'être comportée de manière aussi lamentable : j'ai flirté avec vous avant de m'écrouler à vos pieds. C'est très irresponsable. Vous avez été prévenant et protecteur en me dérobant à la vue de vos amis, puis en me conduisant dans votre lit, sans chercher à en profiter en raison de votre sens moral.

Quelques secondes, il demeura interdit. Pourquoi fallait-il que cette femme lui fasse toujours une réponse à mille lieues de celle à laquelle il s'attendait ?

— Selene, soupira-t-il, je vous assure que je n'ai aucun sens moral.

— Ah non ? Dans ce cas, comment se fait-il que nous n'ayons pas couché ensemble ?

— Comment pouvez-vous en être aussi sûre ?

— Je manque peut-être d'expérience, mais je ne suis pas complètement stupide. Si j'avais fait l'amour, je le saurais. Et, de toute façon, vous ne l'auriez pas fait. Pas comme ça, pas avec moi… Vous me protégez.

— Cessez de me voir comme un héros !

Agacé, il poussa un profond soupir avant de maugréer :

— Disons que je vous ai fait une faveur. Rien de plus.

— Peut-être, mais vous n'accordez jamais de faveur à qui que ce soit, vous me l'avez avoué vous-même hier. Cela ne rend votre geste que plus spécial à mes yeux.

Ne sachant que répliquer, il se tut.

— Je crois que je devrais prendre une douche, dit-elle après un long silence. Cela m'aidera à me débarrasser de mon mal de tête.

Comme elle se redressait, il ne put que relâcher ses cheveux et la regarder se lever.

A sa surprise, elle sortit du lit et traversa sans plus attendre la pièce en direction de la salle de bains attenante.

Entièrement nue.

Ecartelé entre le désir de lui dire à quel point elle était belle et celui de lui lancer un drap pour qu'elle se couvre, il murmura :

— Vous devriez vous mettre quelque chose sur le dos…

— Pourquoi ? Vous m'avez déshabillée. Vous avez déjà vu tout ce qu'il y a à voir.

Sous le jet de la douche, Selene savourait la fraîcheur de l'eau et massait ses tempes endolories. Le parfum aux huiles essentielles de son savon Relaxation l'aidait également à retrouver des idées claires. En fait, la seule chose qu'elle ne parvenait pas à effacer était la conscience aiguë d'avoir gâché ce qui aurait pu être la plus belle nuit de sa vie. Quelle idiote !

Furieuse contre elle-même et cette stupide idée d'avoir voulu découvrir le champagne, elle sortit de la cabine et tendait la main vers la serviette qu'elle avait préparée quand ses doigts heurtèrent un torse chaud et musclé.

Malgré l'eau ruisselant sur son visage, elle ouvrit les yeux… Et ce qu'elle vit lui coupa le souffle.

Devant elle se dressait, dans toute sa splendeur, un corps nu, viril et fier.

— Tu aurais sans doute dû fermer la porte derrière toi, Selene, murmura-t-il.

Au son de cette voix, un brasier s'alluma en elle. Sans répondre, elle étendit davantage la main pour caresser ce torse parfait : des épaules carrées, des pectoraux impeccablement dessinés, et une fine toison brune courant sur une peau lisse, couleur de bronze…

Une peau chaude. Des muscles durs et souples. La différence entre leurs deux corps la fascinait, et elle avait follement envie de l'explorer, en laissant courir sa main tremblante sur son ventre d'acier, puis plus bas, vers ce membre dressé…

— Tu as peur ?

Il avait prononcé ces mots ces mots avec douceur, mais sa voix était rauque.

— Je me sens excitée. Un peu nerveuse, peut-être. Mais non, je n'ai pas peur. Pas avec toi.

Elle lui sourit. Son cœur battait sur un rythme effréné. Sans doute avait-elle réussi à le convaincre, car il la souleva du sol et la ramena, entre ses bras, dans la chambre, sur le lit.

Déjà plus hauts, les rayons du soleil éclairaient parfaitement la pièce. Tant mieux : elle voulait le voir. Oui, elle voulait tout voir de lui, admirer son corps si fascinant dans la lumière du jour.

Tremblante de désir, elle passa ses bras autour de son cou, l'invitant à s'allonger sur elle.

Mais il se contenta de lui caresser les cheveux.

— Nous allons y aller tout doucement, prévint-il.

— Je ne veux pas y aller doucement.

— S'il le faut, je t'attacherai pour y arriver.

— Stefan…

D'une main tremblante, elle caressa ses épaules massives, ses bras puissants, son ventre dur… Le souffle court, elle referma la main sur son sexe. Tout cela si nouveau… Comment la peau de son sexe pouvait-elle être aussi douce ? Elle sentit les muscles de Stefan se tendre sous ses doigts et un grondement rauque s'élever de sa gorge. Troublée, elle releva les yeux vers son visage et s'aperçut que ce simple contact lui procurait du plaisir. C'était incroyable. Ainsi, elle avait inversé les rôles, elle donnait du plaisir à cet homme si outrageusement sexy.

A l'instant où elle se mit à le caresser sur toute la longueur, de haut en bas, il lui saisit le poignet pour l'arrêter.

— Tu vas trop vite.

Sans lui laisser le temps de se rebeller, il s'empara de sa bouche et l'embrassa si voluptueusement qu'elle se sentit chavirer. Puis il l'allongea sur le dos, se pressant contre elle pour approfondir leur étreinte.

Les seins tendus, une onde électrique lui traversa le ventre. Ces sensations étaient exquises, nouvelles…

— Tu es si belle, murmura-t-il en se redressant, comme pour la contempler.

Puis, sans lui laisser une chance de répondre, il entama une lente exploration de son corps avec sa langue. Des vagues de plaisir montèrent en elle tandis que la langue de Stefan parcourait son corps, dessinait le contour de ses tétons. Il laissait sur sa peau des traînées brûlantes, et sa chair réagissait avec passion. Un brasier crépitait en elle. C'était comme si elle n'était plus que sensation, et elle voulait s'abandonner aux délices indéfinissables qui la submergeaient.

Impitoyable, il explorait chaque parcelle de son buste, ne s'attardant sur son ventre que pour revenir vers ses seins, et inversement. Ces mouvements lancinants l'électrisaient..

— Oh ! je t'en prie, supplia-t-elle. Viens maintenant...

Un rire étouffé lui répondit.

— Oh non. Pas question, *koukla mou*, souffla-t-il.

— S'il te plaît... J'ai vraiment envie de... Oh !

Un cri lui échappa quand elle sentit la main de Stefab se poser sur la peau fine de l'intérieur de ses cuisses. Ses doigts experts effleuraient sa peau en une torture langoureuse, les vibrations de son ventre étaient de plus en plus intenses.

Très lentement, il remonta, jusqu'à glisser ses doigts dans la toison de son sexe, et lorsqu'il introduit délicatement un doigt en elle, elle crut que sa tête allait exploser. Comment aurait-elle pu imaginer que des sensations aussi violentes, aussi pures, existaient ?

Instinctivement, elle ouvrit ses cuisses pour l'inviter à poursuivre l'exploration de son intimité. Soudain, elle sentit autre chose que les doigts de Stefan et gémit en reconnaissant la douceur de sa langue.

Oui, sa langue caressait sa chair, s'insinuait en elle, et un gémissement sourd s'éleva dans la pièce. Bouleversée, elle s'aperçut qu'il provenait de sa propre gorge. Cet homme lui faisait perdre la tête ! Il lui écarta plus largement les cuisses, comme pour mieux la contempler et lui offrir encore et toujours la caresse experte de sa bouche. Chacun des mouvements de

Stefan augmentait sa fièvre. Elle se consumait tant qu'elle s'accrocha au matelas comme à un radeau dans ce raz-de-marée qui emportait tout sur son passage. La langue, les doigts experts de Stefan exigeaient qu'elle s'offre entièrement à lui, et elle répondait à cette demande avec ferveur, lui abandonnant tout pouvoir sur son corps en ébullition.

— Oh ! je t'en prie, viens maintenant, haleta-t-elle. Son cœur battant si fort qu'elle entendait ses tempes marteler à coups lourds.

— Que tu es impatiente… Je veux te torturer de plaisir…

— Je… Je t'en supplie. Tu me rends folle !

Stefan couvrit sa bouche de la sienne, et elle s'accrocha désespérément à son cou, lui rendant son baiser avec passion.

— Ce n'est que le début, murmura-t-il dans un souffle, avant de l'embrasser de plus belle.

Il s'écarta pour attraper quelque chose dans le tiroir de sa table de chevet. Quelques secondes plus tard, il prenait son visage dans ses mains, plantait son regard dans le sien et murmurait :

— Si je te fais mal, il faut me le dire immédiatement.

Incapable d'articuler le moindre mot, elle hocha la tête. Il était si grand, si fort, si puissant… Pourtant, la virilité sauvage qu'il exhalait ne l'effrayait pas. Au contraire, elle se sentait pleinement en confiance entre ses bras.

Les yeux fermés, concentrée sur la fièvre délicieuse qui montait dans tout son corps, elle le sentit basculer sur elle, et lui ouvrit ses cuisses. Enfin, il la pénétra. La brûlure était merveilleuse, douce, intrigante. Très lentement, il s'enfonça plus profondément en elle. La sensation était indescriptible, plus divine encore que ce qu'elle avait imaginé. Il l'embrassa alors langoureusement, happant ses lèvres pour les caresser des siennes.

Le vertige la gagnait quand elle perçut des ondulations en elle, et des ondes de plaisir. Une sorte de rythme lourd et primaire s'emparait de sa chair, vibrant avec ce corps d'homme uni au sien.

— C'est extraordinaire pour moi, murmura-t-il dans un souffle. Mais toi, dis-moi quelque chose, je t'en prie… Est-ce que ça va ?

Oh oui, c'était même magique. Sans un mot, elle se contenta de l'attirer plus étroitement contre lui. Gémissant plus fort, elle l'incita à continuer, à ne surtout pas s'interrompre.

Alors une flamme intense ravagea sa chair. Le va-et-vient de Stefan se fit de plus en plus pressant, de plus en plus profond, primitif, faisant monter en elle des vagues de plaisir fulgurantes. Abandonnée à lui, elle enroulait ses jambes autour de ses reins, se cambrait et s'offrait à l'extase. Enfin, soudés l'un à l'autre, ils atteignirent le pic de la jouissance, et elle cria son nom en se sentant glisser au gré d'un torrent furieux.

Il lui fallut un long moment pour retrouver son souffle et cesser d'entendre les battements désordonnés de son cœur résonner en elle.

Près d'elle sur le matelas, Stefan resta lui aussi silencieux durant plusieurs minutes avant de murmurer :

— C'était fabuleux.

Encore sous le choc, elle ne répondit pas. Parfaitement immobile, incapable d'esquisser un mouvement, elle savourait l'expérience inouïe qu'elle venait de vivre.

— Que t'arrive-t-il ? demanda-t-il d'un ton anxieux en se penchant au-dessus d'elle. Tu vas bien ?

Si elle allait bien ? Jamais elle n'aurait pu imaginer

un moment d'une telle perfection. Elle esquissa un sourire enchanté et répondit tout bas :

— Oh oui. C'est bien meilleur que le champagne.

Dire qu'elle avait eu tellement peur que son rêve ne se réalise jamais… Et c'était arrivé : elle avait fait l'amour avec l'homme qui hantait ses nuits depuis l'adolescence. Grâce à lui, elle se sentait belle, désirée… C'était incroyable, et tellement nouveau.

— Merci, murmura-t-elle, émue, en se retournant vers lui pour passer ses bras autour de ses épaules. Merci d'avoir rendu ce moment si exceptionnel.

Visiblement touché par ce compliment, il marmonna quelque chose d'incompréhensible avant d'ajouter :

— Je suis désormais officiellement drogué à ton corps.

Elle sourit.

— Il est fort possible que j'aie contracté la même maladie avec le tien.

— Parfait. Car dans ce cas, je vais rompre l'une de mes si chères règles d'or et te garder ici pour une deuxième nuit.

Il avait prononcé ces mots d'une voix enjôleuse, tout en la serrant contre lui… Tout était parfait, et pourtant elle n'aurait pas pu recevoir de rappel plus brutal à la réalité.

Car même si elle l'avait momentanément oublié, sa nouvelle vie ne pouvait pas encore commencer. Elle avait une dernière chose à faire.

— Je… Je ne peux pas, balbutia-t-elle. Je dois rentrer chez moi.

7.

La déception qu'elle lut dans le regard de Stefan lui serra le cœur.

Il fronça les sourcils.

— Pourquoi ?

— Il faut que je retourne à Antaxos.

— Mais… Je croyais que tu voulais être indépendante au contraire ?

— Oui, bien sûr. Mais pour y parvenir, je dois d'abord retourner là-bas.

Comment aurait-elle pu laisser sa pauvre mère à la merci de son père ?

— C'est temporaire, poursuivit-elle. Il est important que je retourne sur l'île avant le retour de mon père. S'il apprenait que je suis venue te voir, cela pourrait devenir très compliqué.

Elle plongea son regard dans celui de Stefan. Il fallait absolument qu'il la comprenne ! Mais il semblait toujours aussi médusé par ce soudain revirement.

— Son retour ?

La voix de Stefan vibrait d'une tension sourde.

— Tu veux dire qu'il est absent, en ce moment ? reprit-il.

— Oui, il est en Crète. C'est d'ailleurs ce qui m'a permis de filer en douce.

Pourquoi devaient-ils gâcher ces instants merveilleux

en évoquant son père ? Une vague de tristesse l'envahit. Mais aussi, pourquoi était-il soudain si tendu ? Son visage s'était complètement fermé.

— Si je comprends bien, dit-il, tu espères retourner là-bas, puis repartir, toujours sans qu'il ne s'aperçoive de rien ?

— Oui, bien sûr. Pourquoi crois-tu que je sois venue te voir déguisée en religieuse ? Il ne m'aurait jamais laissée faire s'il avait été sur l'île. Il y a longtemps que j'ai prévu tout cela, tu sais.

— Pourquoi y retourner, alors ? Reste avec moi. Ici.

L'invitation était tentante, mais…

— Je regrette, je ne peux pas. J'ai besoin de récupérer certaines choses à Antaxos… Des choses vraiment importantes. En revanche, je n'ai pas l'intention de m'y attarder. De toute façon, j'aurai quitté les lieux avant son retour.

— Parce que tu as peur qu'il veuille te convaincre de rester ? Voyons, Selene… Tiens-lui tête ! Montre-lui que tu es une adulte de vingt-trois ans, et qu'il doit renoncer à voir en toi une petite fille.

Bien sûr, il ne comprenait pas… Comment l'aurait-il pu ? Avec l'horrible sensation d'être piégée, elle s'assit sur le lit et secoua la tête.

— Tu ne comprends pas. Tu ne connais pas mon père.

— Ce que je sais, reprit-il, c'est que le désir d'indépendance ne va pas sans le sens des responsabilités. Tu n'as aucune raison de te cacher de lui au moment où tu prends ton envol dans la vie. Même si cela ne lui plaît pas, tu dois lui parler. Et lui montrer que tu n'as pas peur d'une discussion entre adultes.

Oh ! Seigneur, elle avait si peur, au contraire… Il aurait fallu être folle pour ne pas être terrifiée. Or elle n'était *pas* folle. Comment oublier ce qui se passait chaque fois qu'elle s'opposait à lui ? Chaque fois que sa malheureuse mère tentait de la défendre. Sa mère… Seule et vulnérable, à la merci de ce tyran.

— Pour le moment, ce n'est pas possible, répondit-elle. Pas encore.

Une vive tension régnait maintenant dans la pièce. Oui, toute la magie s'était envolée. Aucun doute, Stefan lui en voulait de ne pas « savoir » tenir tête à son père.

Aussi se leva-t-elle.

— Non, reviens au lit, près de moi, murmura-t-il. Je te ferai conduire à Antaxos en hélicoptère, si tu tiens vraiment à y retourner. Nous prendrons ensemble tes affaires, et tu pourras revenir à Athènes avec moi.

— Je dois y retourner seule, assena-t-elle sans même se retourner vers lui.

D'un geste las, elle s'accroupit devant son sac pour y prendre des vêtements de rechange.

Elle venait de sortir un jean, une blouse de soie et des mocassins quand elle l'entendit pousser une exclamation horrifiée.

— *Théé mou* !

Stefan sauta à bas du lit et la rejoignit à grandes enjambées. Le visage fermé, il se pencha sur ses épaules.

— C'est moi qui t'ai fait ça ? demanda-t-il d'une voix inquiète, en désignant des bleus sur ses bras.

— Ce n'est rien du tout, affirma-t-elle en se retournant pour dissimuler les marques.

— Mais… Je pensais avoir été doux, murmura-t-il, très pâle.

— Tu l'as été. Je t'assure que ce n'est rien, Stefan.

Tant pis pour la douche. Le plus urgent était de couvrir son corps. Affolée, elle boutonna sa blouse en toute hâte.

Mais le visage de Stefan exprimait toujours la consternation la plus totale.

— Tu aurais dû me dire que je te faisais mal ! J'aurais fait plus attention !

— Je n'ai rien senti, dit-elle très vite. J'ai juste une peau particulièrement sensible, il suffit de la moindre pression pour que j'aie des bleus. N'y pense plus, d'accord ? Je te promets que tu n'y es pour rien.

Après avoir enfilé son jean, elle releva ses cheveux encore humides en queue-de-cheval. Maintenant que l'alchimie parfaite était rompue, elle avait hâte de prendre le ferry.

— Puisque tu tiens tant à y aller, je vais t'emmener, soupira-t-il.

— Non ! Quelqu'un pourrait te voir et alerter mon père. Je ne veux pas courir le risque qu'il apprenne notre rencontre.

— Selene…

— Je sais ce que je fais, coupa-t-elle.

Maintenant qu'elle reprenait ses esprits, une bouffée d'angoisse la submergeait. Quelle idée avait-elle eue de s'octroyer cette nuit avec lui ? Elle aurait dû aller chercher sa mère depuis bien longtemps !

— Selene, insista-t-il, ton père est probablement déjà au courant.

Occupée à fermer la boucle de sa ceinture, elle crut un instant avoir mal entendu.

— Comment le saurait-il ? maugréa-t-elle, agacée. Il est avec l'une de ses maîtresses. Il ne sera pas de retour avant six jours.

— Il sait parce qu'il aura vu les photos.

A ces mots, une crampe douloureuse lui vrilla l'estomac.

— Les photos ? Quelles photos ?

Il la dévisageait calmement, mais quelque chose, dans son regard, exprimait une vague gêne.

— Les photos de nous ensemble. Toi et moi.

Selene sentit une panique irrationnelle naître en elle. Comment cela avait-il pu arriver ? Elle avait fait attention à tout !

— C'est impossible ! s'exclama-t-elle. Nous sommes chez toi. C'est une propriété privée, loin du centre-ville, et il n'y avait pas de journalistes. Qui aurait pris des photos ? S'il te plaît, dis-moi que tu plaisantes…

— Je ne plaisante pas.

Cette fois, elle sentit ses jambes vaciller.

— Je ne vois pas ce qui te pose un tel problème, poursuivit-il d'une voix laissant deviner son malaise. Rien n'a paru te déranger : ni boire trop de champagne, ni te réveiller nue près de moi…

— Cela n'a rien à voir. Mon père ignore complètement tout cela.

Il fronça les sourcils et elle sentit son cœur se fendre. A l'évidence, sa réaction lui causait la plus vive déception. Au fond, à ses yeux, elle n'était qu'une lâche.

— Si je comprends bien, dit-il lentement, tu es d'accord pour une nouvelle vie mais uniquement si ton père n'en sait absolument rien ? Selene, le premier pas vers l'indépendance, c'est d'assumer ses choix. Regarde ton père dans les yeux et tiens-lui le discours que tu m'as tenu. Tu n'as rien à redouter puisque tu ne lui demandes rien, même pas de l'argent. Tu te contentes de lui annoncer une décision qui n'a rien de très surprenant, vu ton âge. Que pourrait-il faire ?

Oh ! elle savait exactement ce qu'il ferait…

— Comment sais-tu que des photos ont été prises ?.

Oh ! Seigneur, faites que ce ne soit qu'une mauvaise

plaisanterie… Il n'y avait pas de photos. C'était impossible.

Le visage toujours aussi fermé, Stefan se leva, saisit son ordinateur sur la table de chevet et le lui tendit l'appareil.

Une page internet apparaissait sur l'écran.

— Oh ! non…

Un goût acide lui envahit la bouche.

— Toi et moi, murmura-t-elle, épouvantée. En gros plan. En train de nous embrasser… Il va devenir fou. Qui a pris cette photo ?

Comme il ne répondait pas, elle s'écria :

— Qui ?

— Carys, je suppose, admit-il en haussant les épaules.

Cela ne semblait pas revêtir la moindre importance à ses yeux.

— Elle rédige un éditorial de rumeurs people pour un magazine féminin, et elle poste parfois des articles sur internet quand elle a le sentiment de tomber sur un sujet croustillant.

Abasourdie, elle s'efforça d'enregistrer toutes ces informations. Elle n'en croyait pas ses oreilles.

— Tu savais que c'était sa spécialité, observa-t-elle. Et tu savais qu'il existait un risque pour qu'elle prenne une photo de nous… Tu savais. Tu…

Horrifiée, elle porta une main à sa bouche avant de pointer vers lui un index accusateur.

— Mon Dieu. Je me souviens de ce qu'elle a dit… Cette réflexion étrange sur le fait qu'elle te considère comme un « génie du machiavélisme ». Je n'ai pas compris ce qu'elle voulait dire, mais… Toi, si ! Tu l'as fait exprès ! Uniquement pour mettre mon père en rage !

— Non. Je t'ai invitée à cette soirée parce que j'avais

besoin d'une cavalière, et qu'en te voyant si vulnérable et si sexy j'ai pensé avoir trouvé la solution idéale.

— Et parce que tu savais que cela rendrait mon père ivre de rage !

Le regard de Stefan était froid. Dur.

— Oui, je savais que cela déplairait à ton père. Mais tu étais censée le savoir aussi. D'ailleurs, s'il approuvait ce que tu fais, tu ne serais pas venue me trouver, moi.

— Peut-être, mais je ne voulais absolument pas qu'il découvre tout cela si vite. Il était crucial qu'il ne sache rien. Pourquoi crois-tu que j'aie pris la peine de me déguiser ?

Comment avait-elle pu être aussi naïve ? Cet homme s'était servi d'elle, il lui faisait horreur ! Machinalement, elle recula d'un pas.

— Tu m'avais avertie, dit-elle plus bas. Tout le monde m'avait avertie. Même Maria. Et je n'ai rien voulu écouter…

Non, elle n'avait pas voulu croire que Stefanos Ziakas n'avait rien du héros qu'elle avait imaginé cinq ans plus tôt. Ce chevalier servant, attentionné et galant, cet homme généreux, prêt à l'aider et à la faire pénétrer dans un monde nouveau, n'était qu'un rêve. Son rêve.

— J'ai cru à ta gentillesse et à tes attentions, mais, durant tout ce temps, tu ne faisais que t'amuser pour humilier ton rival en affaire.

Bouleversée, elle le fusilla du regard. Il était livide.

— Cela n'a rien à voir avec les affaires. Je ne confonds jamais le travail et la vie privée.

D'un geste, elle lui fit signe de se taire. De toute façon, elle ne lui faisait plus confiance, et elle ne le croyait pas.

— Quel genre d'homme es-tu ? demanda-t-elle d'une voix tremblante.

Imperturbable, il soutint son regard comme si la situation était des plus banales pour lui.

— Un homme qui n'a pas peur d'affronter ton père. C'est d'ailleurs la raison pour laquelle tu m'as sollicité. Je suis exactement le même homme que lorsque tu as franchi le seuil de mon bureau hier. Je n'y suis pour rien si tu m'as totalement idéalisé.

— Ah non ? Eh bien, ne t'inquiète pas, cela ne risque plus d'arriver…

Dégoutée, elle secoua la tête et lui lança avec une moue de mépris :

— Je ne peux pas croire que tu aies fait une chose pareille…

— Mais je t'ai rendu un service ! s'écria-t-il. Ton père va enfin prendre conscience que tu es sérieuse dans ton désir d'indépendance. Et avant de me donner des leçons de vertu, pourrais-tu te rappeler que tu es venue toute seule frapper à ma porte ? Je ne t'ai pas kidnappée, Selene. Je ne t'ai pas forcée à venir chez moi, ni à boire du champagne. C'est toi qui es venue mendier de l'argent, et je dois dire que tu semblais prête à tout pour l'obtenir. Si tu avais une once d'honnêteté, tu reconnaîtrais peut-être aussi que j'ai fait de mon mieux pour t'empêcher de t'enivrer. Tu as sorti le grand jeu pour me séduire, et j'ai dit non.

L'humiliation lui brûla les joues.

— Bravo, rétorqua-t-elle. Tu es un saint.

— Je n'ai jamais prétendu être un saint. Mais toi, tu es venue me trouver en habit de religieuse, la tête farcie des rêves les plus fous.

Interdite, elle le contempla, sans mot dire. Il avait raison. C'était elle et elle seule qui en avait fait un demi-dieu, alors que tout le monde — lui le premier — la mettait en garde. Persuadée de trouver face à elle un prince charmant, elle s'était jetée seule dans la gueule du loup. Elle avait bu du champagne en dépit de tous ses avertissements. Et elle avait voulu faire l'amour avec lui dès cette première nuit hors de chez elle.

C'était bien la peine de prendre enfin ses propres décisions, si c'était pour ne prendre que les mauvaises…

Quant à lui…

Il s'était servi d'elle, évidemment. Tout ce qui l'intéressait, c'était d'irriter son père. Il se moquait bien que ce soit à elle d'en payer le prix. Sauf qu'elles seraient deux. Seigneur, sa mère…

— Tu as raison, répondit-elle d'une voix blanche. A partir de maintenant, je réfléchirai à deux fois avant de prendre mes décisions. La première sera de rester à distance des hommes tels que toi. C'est ce que tu voulais, n'est-ce pas ? Tu me conseillais de me montrer plus cynique ? Eh bien, je le suis, c'est fait.

Le visage de Stefan se décomposa, et il fit un pas vers elle.

— Selene…

— Ne me touche pas ! s'écria-t-elle en reculant vivement. Tu m'as invitée ici dans le seul but de le faire enrager !

— C'est faux ! Je t'ai invitée à cette soirée parce que tu étais merveilleusement séduisante et que je rencontrais pour la première fois depuis longtemps une jeune femme… rafraîchissante. J'ai été charmé par ton innocence. Comme il y a cinq ans.

— Je ne suis plus innocente, lâcha-t-elle, les dents serrées.

— Tu fais une histoire de rien… Tout cela ne peut tourner qu'à ton avantage. Dès qu'il comprendra que ton projet d'entreprise est sérieux, il te donnera sa bénédiction et te laissera partir. Je t'ai rendu service, Selene. Pourquoi se rebeller si personne n'assiste à ta rébellion ?

— Je t'ai dit qu'il ne s'agissait pas de rébellion ! s'exclama-t-elle, excédée. Il n'a jamais été question rébellion !

Il haussa les épaules.

— Si tu permets encore aujourd'hui à ton père de présider à ton destin, il ne risque pas de changer de comportement.

A bout de nerfs, elle serra les poings et refoula les larmes qui lui montaient aux yeux.

— Tu n'as aucune idée… Aucune idée des conséquences de tes actes, balbutia-t-elle.

Puis, elle prit une profonde inspiration, attrapa son sac et conclut :

— Je dois partir. Tout de suite.

— Je t'en prie, calme-toi…

— A quelle heure ces photos ont-elles été publiées ? demanda-t-elle, tandis qu'un doute affreux s'immisçait en elle.

Une personne de *son* entourage devait les avoir déjà vues. Un membre de son service de sécurité, l'un de ses amis… Forcément. Et il avait été averti. Or, à l'instant où il verrait ce cliché, il quitterait la Crète pour revenir à Antaxos.

La voix de Stefan interrompit le cours de ses pensées.

— Je ne comprends pas du tout pourquoi tu réagis comme ça. Tu sais déjà que je te donne l'argent pour créer ton entreprise. C'est acquis. Tu vas pouvoir mener la vie que tu veux. Acheter ce que tu veux, sans le consentement de ton père.

— A quelle heure ? répéta-t-elle d'un ton dur.

Stefan baissa les yeux sur l'écran de l'ordinateur.

— Celle-ci a été postée aux environs de minuit.

— Minuit ?

Des heures plus tôt ! Et elle était restée allongée dans ce lit, à dormir, puis à s'offrir à l'homme qui la mettait dans cette position effroyable… La peur figea son sang dans ses veines.

— Mon Dieu. Je dois partir immédiatement.

— Eh bien, va-t'en ! Rentre à la maison ! explosa-t-il. C'est ta place, à l'évidence ! Tu es une gamine, pas une adulte.

A présent, Stefan était furieux, c'était évident, mais elle n'avait pas le temps de s'en soucier ! Il se dirigea vers le mur du fond de la chambre et ouvrit un coffre dissimulé derrière un rideau.

— Je t'ai promis de l'argent, poursuivit-il. Et je tiens toujours mes promesses.

— Parce que tu es l'homme parfait ? demanda-t-elle, sarcastique.

Il revint vers elle et lui décocha un regard froid.

— Tiens, prends ça. De toute façon tu m'avais dit que tu préférais des espèces, non ? Mais n'oublie pas d'appeler mon bureau quand tu auras besoin de conseils de gestion. Tu verras qu'une aide technique est aussi indispensable que l'argent.

Il jeta plusieurs énormes liasses de billets dans son sac et passa devant elle, sans même lui accorder un regard.

— Je vais demander à ce qu'on te ramène chez toi, conclut-il.

8.

— Tu as jeté le déshonneur sur toi autant que sur moi, et tu l'as fait avec l'homme que je déteste plus qu'aucun autre.

Immobile, tête baissée, son sac serré sur sa poitrine tel un gilet de sauvetage, Selene laissait son père donner libre cours à sa fureur. Il y avait bien longtemps qu'elle ne répondait plus par la révolte ou l'insolence. Quant à le raisonner, autant ne pas y penser, car sa colère échappait à toute forme de discours rationnel. Non, la seule manière de s'en sortir était d'écouter sa haine se déverser et de n'apporter que des réponses brèves, quand c'était indispensable…

Oh ! elle aussi était en colère… contre elle-même. Comment avait-elle été assez stupide pour s'écarter de son plan initial ? Si elle était rentrée immédiatement après avoir obtenu le prêt de Stefan, elle n'en serait pas là aujourd'hui. Sa mère et elle seraient à l'abri…

— Pourquoi lui ? rugit son père, les yeux injectés de sang. Pourquoi ?

— Parce que c'est un homme d'affaires.

— Un homme d'affaires ? Et peut-on savoir quelle est *ton* « affaire » ?

Ce ton méprisant, elle l'aurait reconnu entre mille. La tête toujours baissée, elle se força à répondre d'une voix égale.

— J'ai eu une idée. Une bonne idée.

— Pourquoi ne pas être venue m'en parler alors ?

— Parce que…

« Parce que tu l'aurais massacrée, détruite, comme tu le fais avec tout ce que tu approches… »

— Parce que je voulais m'en sortir toute seule, répondit-elle.

Et elle avait presque réussi. Dire qu'elle avait été si près du succès, de la liberté, de l'évasion… Si près ! Et qu'elle avait tout gâché en voulant « tout » vivre en une seule nuit. Quelle imbécile ! Il y avait vraiment de quoi pleurer de rage.

— Il s'est servi de toi, ricana son père. Tu le sais, non ? C'est moi qu'il visait, et tu es tombée dans son piège. Il y a de quoi être fière. J'espère que tu comprends bien que tu n'as été qu'une petite gourde !

Oh oui, elle le comprenait. La honte la submergea. Elle s'était sentie si belle ce matin, spéciale, choyée… Et rien de tout cela n'était vrai. Ce n'était qu'une comédie, uniquement destinée à obtenir ces photos.

— J'ai commis une erreur, dit-elle.

— Bon, on dira qu'il t'a forcée. Physiquement, il est beaucoup plus fort que toi. Et ton visage exprime la naïveté la plus totale. Personne n'en doutera.

— Non !

Horrifiée, elle dévisagea son père avec incrédulité. Comment osait-il ?

— Ce n'est pas du tout ce qui s'est passé !

— Je me fiche de ce qui s'est réellement passé ! Ce qui importe, c'est ce que les gens pensent qu'il s'est passé. Et je ne veux pas que l'image de notre famille soit ternie ! J'ai une réputation à protéger.

— Lui aussi ! Et il niera tout en bloc, parce que c'est faux.

Un silence glacial suivit sa remarque.

Avec angoisse, elle vit la lèvre supérieure de son père trembler. Le signe qu'il était hors de lui. Un très mauvais signe…

— Es-tu en train de me dire non ? demanda-t-il d'un ton menaçant.

Elle sentit ses jambes vaciller.

— Je ne peux pas lui faire cela.

A peine eut-elle prononcé ces mots qu'elle les regretta. Perdait-elle la tête ? Elle avait de l'argent dans son sac. Beaucoup d'argent. Si seulement elle parvenait à apaiser la colère de son père, tout n'était pas perdu. Elle et sa mère pourraient partir dès qu'il aurait le dos tourné.

Ses énormes poings serrés, il se rapprocha.

— Si tu l'apprécies tant, pourquoi n'es-tu pas restée avec lui ?

Complètement paniquée, elle chercha une réponse convaincante. Seigneur, il fallait apaiser son père. Se réserver une seconde chance de fuir. Rien d'autre ne comptait.

— Je… J'ai éprouvé un besoin urgent de m'amuser. De profiter de la vie. De me rebeller. Mais je ne souhaite pas réellement quitter ma famille. C'était une impulsion stupide.

— Hum. Tu admets donc que tu t'es très mal comportée… Et que tu as besoin de discipline ?

La peur la submergea, mais l'argent dans son sac lui donnait courage.

— Je suis profondément désolée de t'avoir mis en colère.

— Qu'y a-t-il dans ce sac ?

Elle sentit ses jambes se liquéfier.

— Des… Des vêtements, bredouilla-t-elle.

Il le lui arracha des mains si brutalement que le cuir lui écorcha les doigts jusqu'au sang.

En portant sa main blessée à sa bouche, elle s'efforça d'ignorer les battements désespérés de son cœur. Dans ce sac se trouvait son avenir. Le souffle court, elle observa son père en vider le contenu sur le sol.

Sans un mot, il se saisit de la robe rouge.

Cette somptueuse robe rouge qu'elle avait rangée au fond du sac dans un geste irréfléchi — sans doute pour défier Stefan. Quelle idée ! Comme elle regrettait de ne pas l'avoir laissée chez lui… Un masque impassible sur le visage, elle regarda son père mettre en pièces le vêtement auquel elle tenait le plus au monde. Surtout, ne pas trahir ses sentiments. Tout en lacérant la robe, il la fixait d'un regard inquisiteur, il ne fallait surtout pas qu'il devine sa détresse.

Quand il ne resta rien que des lambeaux, il les jeta rageusement. Puis, il donna un coup de pied dans le petit tas d'affaires et trouva les bougies.

— Quoi, c'est ça ? rugt-il dans une grimace. C'est ça, ton idée pour monter une affaire ? Des bougies ? Il t'a ri au nez j'espère.

— Non, répondit-elle d'une voix neutre. Il a trouvé que c'était prometteur.

— Evidemment. Parce qu'il a vu là une nouvelle occasion de se moquer de moi. Des bougies… J'ai honte que ma propre fille soit incapable de trouver mieux que ça.

D'un air dégouté, il ramassa le sac vide. Aussitôt, son cœur se mit à battre à coups redoublés dans sa poitrine. Elle avait cousu un double fond où les liasses de billets étaient à l'abri. Mais bien sûr, le poids du sac pouvait sembler suspect à qui s'y attardait…

— Il n’y a rien d’autre, ne put-elle s’empêcher de balbutier, paniquée.

A peine les mots eurent-ils franchi ses lèvres qu’elle s’aperçut de son erreur. Oui, elle venait de signer sa condamnation.

D’un geste d’une violence saisissante, il déchira le cuir, éventra le sac, et les liasses de billets tombèrent sur le sol… enroulées dans le sexy petit string grâce auquel elle les avait maintenues ensemble.

Une grimace d’horreur se peignit sur les traits de son père. Pourquoi donc n’avait-elle rien trouvé d’autre que ce string ? Cela avait semblé une bonne solution sur le moment. Quelle idée… Les conséquences seraient lourdes, elle le savait.

— Tu t’es prostituée, et il t’a payée en liquide ! explosa-t-il.

— Non, non… Cet argent n’est qu’une avance… Pour…

— Pour payer le sexe ! C’est ignoble ! Tu me dégoutes !

— Je vais partir, enchaîna-t-elle très vite. Tu ne me verras plus.

— Partir ? Oh non, tu ne vas pas partir ! Tu appartiens à cette famille, Selene, et cela ne va pas changer. Tu as beaucoup de chance que je sois prêt à t’accepter encore ici alors que tu t’es enfuie pour te vendre à lui !

— Mais je ne…

Le coup partit, inattendu. Parce qu’elle ne s’y était pas préparée, elle fut propulsée contre le mur et se cogna violemment la tête.

Une douleur aiguë lui irradia le crâne.

Etourdie, elle se redressa lentement. Un goût de sang envahit sa bouche. Malgré ses tentatives pour se maîtriser, ses membres étaient secoués de tremblements convulsifs.

— Ta mère devait savoir tout cela, poursuivit-il, d'une voix égale. Dès que j'en aurai fini avec toi, j'irai la voir et elle me dira la vérité.

A ces mots, Selene sentit ses forces lui revenir. Comme souvent dans ces circonstances, la haine la galvanisait. Folle de rage, elle fixa sur lui un regard assassin.

— Non ! Je t'interdis de t'approcher d'elle ! Si tu oses encore lever la main sur elle, je jure que... J'appellerai la police.

— Bonne idée, s'esclaffa-t-il. Nous savons tous quel résultat tu as obtenu la dernière fois que tu t'es offert cette fantaisie.

Toujours agenouillée sur le sol, elle était plus consciente que jamais de son impuissance. Elle avait mal partout. C'était sans espoir. La seule fois où elle avait osé donner l'alerte, la police ne l'avait même pas crue... Pourquoi cela changerait-il ? En société, son père était un homme charmant. Exquis, même : généreux, plein d'humour, attentionné. Et, surtout, il était puissant. Il frayait avec les grands banquiers, des hommes d'affaires étrangers, des politiciens... Oui, Stavros Antaxos était intouchable.

La seule solution était de le prendre à son propre jeu. Elle allait devoir ruser. Comme il l'avait promis, elle ne doutait pas qu'il allait s'en prendre à sa mère dès qu'il considérerait en avoir fini avec elle. Sa mère était trop faible pour supporter une nouvelle scène. Il fallait détourner son attention. Oui, elle devait prendre la fuite. Il la pourchasserait, bien sûr. Mais au moins, pendant ce temps, sa mère serait à l'abri.

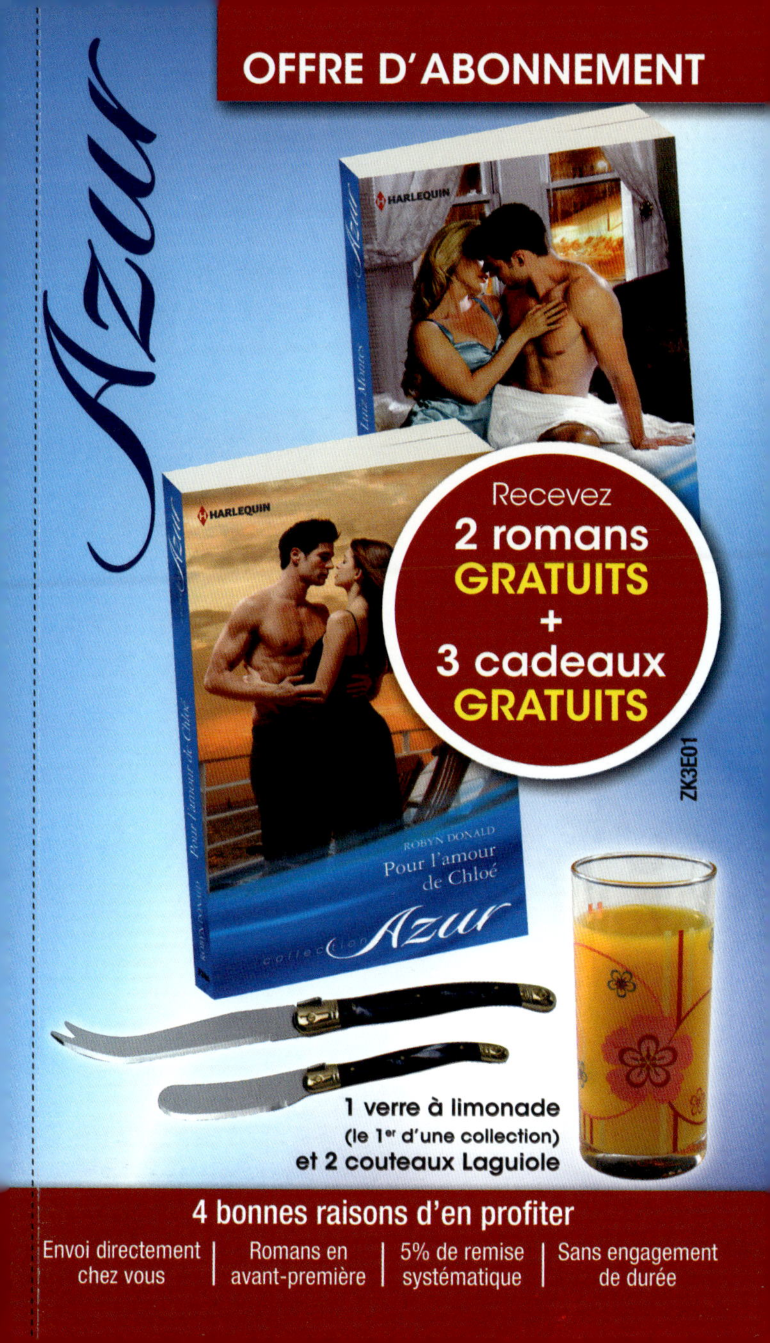
Azur
OFFRE D'ABONNEMENT
HARLEQUIN
HARLEQUIN
Recevez
2 romans
GRATUITS
+
3 cadeaux
GRATUITS
ZK3E01
ROBYN DONALD
Pour l'amour
de Chloé
collection Azur
1 verre à limonade
(le 1er d'une collection)
et 2 couteaux Laguiole
4 bonnes raisons d'en profiter
Envoi directement chez vous
Romans en avant-première
5% de remise systématique
Sans engagement de durée

☐ OUI, je souhaite recevoir les 2 romans gratuits et les 3 cadeaux cuisine gratuits qui me sont réservés*.

*J'accepte de recevoir ensuite chaque mois 6 livres de la collection Azur, au prix exceptionnel de 3,85 € le volume (au lieu de 4,05 €), auxquels viennent s'ajouter 2,95 € de participation aux frais d'envoi. Je n'ai aucune obligation d'achat et je peux retourner les livres, frais de port à ma charge, sans rien vous devoir, ou annuler tout envoi futur. Il en sera ainsi tous les mois tant que je le souhaiterai.

N° d'abonnée (si vous en avez un) ☐ Mme ☐ Mlle

Nom ....

Prénom ....

Adresse ....

CP Ville ....

Téléphone

Date de naissance

E-mail ....@..........

Coupon à retourner SANS AFFRANCHIR

Cette offre – soumise à acceptation – est valable en France métropolitaine uniquement jusqu'au 31 mai 2014 à raison d'une demande par foyer. Prix susceptibles de changement. Réservé aux lectrices de plus de 18 ans qui n'ont pas encore demandé de livres gratuits. Conformément à la loi Informatique et Liberté du 6 janvier 1978, vous disposez d'un droit d'accès et de rectification aux données personnelles vous concernant en vous adressant au : Service Lectrices Harlequin BP 20008 - 59718 Lille cedex 9. Si vous ne souhaitez pas recevoir nos offres promotionnelles, cochez ci-contre ☐ Y. Par notre intermédiaire, vous pouvez être amenée à recevoir des propositions commerciales de nos partenaires. Si vous ne le souhaitez pas, cochez ci-contre ☐ O.

ECOPLI

20 g
Validité
permanente

HARLEQUIN
AUTORISATION 59031
59789 LILLE CEDEX 9

DETACHEZ SELON LES POINTILLES ET POSTEZ AUJOURD'HUI MEME.

Elle le défia une dernière fois du regard et, sans hésiter, s'élança vers la porte.

Stefan manœuvra la petite vedette aussi près du rivage que le lui permettaient les énormes récifs, avant de couper le moteur. Il avait choisi d'aborder l'île par le nord, là où les courants étaient un peu moins féroces. Le yacht était ancré plus loin, en eau profonde.

Avec précaution, il entreprit d'escalader les derniers rochers le séparant du rivage. Ils étaient acérés, glissants, dangereux. Mais il devait faire vite. Ce n'était pas le moment de songer au risque d'une chute. Le temps pressait.

Dire qu'il lui avait fallu plusieurs heures et un coup de fil à son médecin pour comprendre enfin… Comment pouvait-on être aussi stupide ? « Des hématomes devenus jaunes correspondent à des coups portés depuis plusieurs jours. »

Quel imbécile ! N'était-il pas mieux placé que personne pour savoir que Stavros Antaxos était capable de la barbarie la plus pure ? La réaction de Selene, si excessive, aurait dû l'alerter immédiatement. Sa panique ne révélait-elle pas la gravité de la situation ?

Elle n'avait rien d'une gamine en pleine rébellion. Victime d'une brute, elle avait cherché à sauver sa peau en venant le trouver. Et lui…

Stefan se retourna. Takis, son chef de la sécurité, le suivait maladroitement.Son équilibre semblait précaire sur ces maudits rochers.

— Ça va, Takis ?

— Vraiment, boss… Vous n'auriez pas pu choisir une gentille jeune demoiselle du centre-ville d'Athènes ? bougonna-t-il. Il fallait vraiment que vous vous lanciez à la poursuite d'une princesse gâtée, gardée par un dragon ? Ah, je vous assure qu'on ne risque pas de s'ennuyer quand on travaille pour vous…

Une princesse gâtée… La culpabilité lui serra le cœur. C'était ce qu'il avait cru lui aussi. Oui, il avait commis la même erreur que tout le monde. Il s'était laissé berner par l'image construite de toutes pièces par le vieux renard. Une épouse choyée, une fille surprotégée et couverte de cadeaux, dont il parlait comme de la prunelle de ses yeux à chaque interview…

Comme il avait été naïf, stupide, en fait !

Des bruits de pas lui firent lever la tête. Quatre hommes vêtus de noir descendaient un sentier de garde dans leur direction. Grands, forts, semblables à des gorilles, ils étaient manifestement payés pour empêcher quiconque d'approcher la forteresse d'Antaxos. Si les récifs ne les avaient pas encore tués, ces hommes pouvaient bien s'en charger.

— Vous vous trouvez sur une île strictement privée, annonça l'un d'eux d'un ton peu amène. Vous n'êtes pas autorisés à débarquer ici.

Stefan ignora l'avertissement. Mieux valait parvenir sur le sol ferme avant de se lancer dans cette conversation. Dès qu'il fut à leur hauteur, il leur offrit son plus beau sourire.

— Bonjour, messieurs, lança-t-il. Vous devriez réviser votre accueil, qui manque légèrement de chaleur…

— Il n'y a rien ici pour les touristes, reprit, imperturbable, l'une des armoires à glace. Il faut que vous partiez immédiatement.

— Je ne suis pas un touriste et je partirai quand je l'aurai décidé, rétorqua-t-il en ôtant ses lunettes de soleil.

Son interlocuteur blêmit.

— Monsieur Ziakas !

Les quatre hommes échangèrent un regard incertain. Enfin, celui qui devait être le chef d'équipe reprit la parole :

— M. Antaxos ne reçoit aucune visite ici.

Tiens, le ton avait changé. L'homme semblait un peu plus respectueux.

— S'il vous plaît, veuillez quitter cette île.

— Je partirai quand j'aurai récupéré Mlle Antaxos. Où est-elle ?

Une nouvelle fois, les hommes échangèrent des coups d'œil nerveux.

— Mais c'est que… Vous ne pouvez pas…

Agacé, il les écarta du bras. Il n'avait pas de temps à perdre avant d'avoir retrouvé Selene. Où un père aussi autoritaire choisirait-il d'enfermer sa fille sur une île telle que celle-ci ? Il scrutait les hautes tours du château lorsque Selene apparut sur le sentier, haletante.

Son visage et ses mains étaient en sang. De longues trainées rouges striaient auss sa somptueuse chevelure d'or. Elle courait à une vitesse folle, sans regarder devant elle, manifestement apeurée. Avant qu'il n'ait le temps de s'écarter, elle le percuta et ils manquèrent de perdre l'équilibre. En contrebas, les récifs se dressaient, dangereux.

Instinctivement, il la retint fermement contre lui et la contempla. Ses yeux étaient agrandis par la terreur et il vit d'où venait le sang : son front était entaillé.

La brute ! Furieux, il serra la main de la jeune femme dans la sienne et ordonna à Takis d'aller chercher le nécessaire à pharmacie dans la vedette.

Délicatement, il caressa ses cheveux pour écarter les mèches dorées de son visage.

Enfin, elle parut prendre conscience de sa présence.

— Que fais-tu ici ? demanda-t-elle d'une voix blanche.

Certes, il avait espéré des retrouvailles plus enthousiastes… Mais ils s'expliqueraient plus tard. Pour l'instant, il avait surtout peur qu'elle perde l'équilibre. Il la serra plus étroitement contre lui.

— Ne bouge pas. Tu pourrais tomber.

— Je connais ce sentier, répondit-elle sèchement. J'ai vécu ici toute ma vie.

Oui. Et il n'osait même pas imaginer à quoi cette vie avait ressemblé.

— C'est lui qui t'a fait ça ? demanda-t-il en s'efforçant de toutes ses forces de retenir la colère qui bouillait dans ses veines.

— Tu ne devrais pas être ici. Tu n'as rien à faire sur cette île. Je ne veux pas de toi. Tout est ta faute.

— Tout ?

Avec un regard furibond, elle s'écarta de lui.

— Il a vu les photos ! C'est bien ce que tu voulais, n'est-ce pas ? Il est rentré aussitôt et il m'attendait déjà ici quand je suis arrivée. Alors, si tu es là pour envenimer la situation, tu perds ton temps, car il est impossible de faire plus grave.

— Selene, nous parlerons de cela plus tard, répondit-il avec douceur. Viens. Nous partons d'ici. Je t'emmène loin de cet endroit.

Mais elle ne semblait pas l'entendre ainsi. Elle le toisa d'un œil goguenard et éclata d'un rire glacial.

— Oh : non ! Je ne veux rien avoir à faire dans ta stupide rivalité avec mon père. Je suis venue te demander ton aide parce que je voyais en toi un héros, mais tu m'as ouvert les yeux. Tu crois que je suis assez naïve pour croire que tu viendrais jouer les héros ici uniquement pour moi ?

Comme cette femme était agaçante ! Pourquoi refusait-elle son aide ? Il allait lui répondre quelque chose de bien senti ! Mais une silhouette massive apparut derrière eux.

Stavros Antaxos.

Un vrai bouledogue ! Il offrait le visage bouffi d'un homme ayant abusé de la bonne chère et de l'alcool… Cela ne l'empêchait pas d'être une véritable force de la nature. Et dire qu'un homme de cette stature s'en était pris à Selene, si frêle.

Instinctivement, il sentit ses poings se serrer. Comme il avait envie de frapper cette brute à son tour, de lui infliger le genre de traitements qu'il osait réserver à son enfant.

— Tu t'es blessée, ma chérie… Tu n'aurais pas dû courir comme ça. Tu sais bien que tu n'es pas toujours adroite.

Médusé, Stefan regarda cet homme infect prendre une expression de sincère inquiétude. Voilà comment la farce de la parfaite petite famille avait si bien fonctionné durant des années. Cet homme était un comédien hors du commun.

Mais son expression mielleuse d'amour paternel se mua en haine pure lorsqu'il l'aperçut.

9.

— Ziakas ! rugit-il. Tu oses te montrer sur mon île ? Après ce que tu as fait ? Tu as déshonoré ma fille, tu en as fait l'une de tes traînées, uniquement dans le but de m'humilier publiquement. Tu lui as volé son innocence !

Comment osait-il ? Ulcéré, Stefan était prêt à répondre à cette accusation quand Selene intervint avec ferveur.

— Il ne m'a pas pris mon innocence ! C'est toi qui l'as fait, il y a de cela des années !

A ces mots, Stavros, sembla reprendre son rôle de père aimant.

— Comment peux-tu dire cela, ma chérie ? Si je me montre strict, c'est parce que je veux te protéger d'hommes sans scrupule qui chercheraient à se servir de toi pour m'atteindre, répondit-il avec une expression blessée.

Du regard, il désigna Stefan, mais Selene sembla rester de marbre.

— Non. Ce que tu veux, c'est me contrôler, pas me protéger. Je sais quel homme tu es, même si personne n'est prêt à me croire. Je ne te laisserai plus faire. Je refuse de poursuivre cette comédie de la famille parfaite. C'est fini.

Rouge de rage, Stavros Antaxos commença à lever une main…

Mais Stefan fut plus rapide et s'interposa immédiatement entre le père et la fille. Vif et dur, son coup de poing atteignit la mâchoire de son adversaire, qui tenta aussitôt de contre-attaquer. Sans réfléchir plus longtemps, il lui envoya donc un deuxième direct, dans l'estomac.

L'homme se plia en deux et les quatre gardes se précipitèrent vers eux.

Devant leur air menaçant, Stefan se sentit perdre patience.

— Vous voulez défendre un homme qui bat les femmes ? Vous rendez-vous compte que vous pourriez être attaqués pour non-assistance à personne en danger ?

L'effet fut immédiat, et les gardes reculèrent.

Stefan reporta son attention vers Antaxos, qui se redressait lentement.

— Car c'est bien ce que vous faites aux femmes, n'est-ce pas ? Vous les emmenez vivre ici pour qu'elles soient prisonnières, et ensuite vous les traitez ainsi… Et elles ne s'en tirent pas toujours, que je sache ?

— Stefan…

— Je vous l'enlève, interrompit-il. Bien que vous l'ayez déjà perdue depuis longtemps. Je vais prendre immédiatement contact avec mes avocats et la police. Je parle de la vraie police, évidemment, et non des fonctionnaires corrompus qui sont à votre solde.

Ecœuré par cet homme dont il avait pensé pleinement mesurer la perversité, et qu'il découvrait aujourd'hui encore plus ignoble qu'il ne l'imaginait, il lui tourna le dos pour inviter Selene à faire de même.

— Va sur mon bateau, conseilla-t-il. Takis va t'aider à rejoindre la vedette amarrée tout près.

— Non.

Il lui décocha un coup d'œil impatient. Avait-il bien compris ?

— Quoi ?

— Si je pars, il s'en prendra à elle.

— Qui ?

— Ma mère, gémit-elle d'un ton désespéré. C'est ce qu'il fait toujours quand il en a fini avec moi.

— Ta mère ?

Bien sûr ! Tout faisait sens — chaque détail, chaque élément de l'histoire. Pourquoi elle voulait tant revenir. Pourquoi elle avait demandé des espèces. Et pourquoi elle était si pressée… Pendant que son père était en Crète, elle devait organiser sa fuite et celle de sa mère. C'était ce plan qui l'animait, et pas un quelconque désir de rébellion…

Or, il avait détruit ce plan.

Sans autre source de revenu, elle dépendait entièrement de ce prêt. Elle n'avait nulle part où aller. Et elle était obligée de se cacher. Et il l'avait livrée en pâture à Carys…

La culpabilité lui étreignit le cœur. Mais ce n'était pas le moment de se laisser déconcentrer.

— Où est-elle, en ce moment ? demanda-t-il vivement.

— Dans sa chambre.

Il jura entre ses dents.

— Penses-tu qu'il te reste assez de forces pour y emmener Takis ?

Elle était si pâle. Cette course effrénée avait dû lui ôter ce qui lui restait d'énergie. Sa plaie ne saignait plus, mais l'hématome se colorait.

Pourtant, elle acquiesça farouchement.

— Alors, allez la chercher tous les deux, dit-il. Et

si tu te fatigues en cours de route, Selene, n'hésite pas à le dire à Takis.

Oui, il saurait la porter. A côté de la silhouette de géant de son chef de la sécurité, Selene ressemblait à une poupée miniature.

— Et maintenant, dit-il en se retournant vers Stavros, je crois que nous allons avoir une petite discussion, toi et moi.

Bien qu'encore sous le choc, Selene avait fait de son mieux pour rassurer sa mère. Elles étaient toutes deux installées dans une immense cabine du luxueux yacht de Stefan, allongées sur un lit confortable.

Une fois sa mère endormie, un sourire aux lèvres, une expression d'intense soulagement sur le visage, elle lui lâcha la main.

Il fallait qu'elle se lève. Mais elle s'en sentait incapable. Tout son corps la faisait souffrir : elle avait mal à la tête et de nombreuses contusions, et ses genoux la faisaient terriblement souffrir.

Surtout, c'était comme si elle avait perdu jusqu'à la dernière goutte de son énergie.

Comment s'en étonner ? Elle n'avait plus rien.

Ni argent, ni domicile, ni travail… Aucun moyen de subvenir à ses besoins. Et pire que tout : Stefan s'était servi d'elle. Cette nuit, la plus belle de sa vie, n'avait été qu'un mensonge.

Comment avait-elle pu être assez naïve pour croire qu'il n'entretenait aucune arrière-pensée en l'invitant à une soirée chez lui ? C'était humiliant !

Dire qu'elle n'avait rien vu… Comme une gamine stupide, elle voyait en lui le héros d'un conte. Alors qu'il n'y avait qu'une seule et unique vérité : à l'instar de son père, il était un homme d'affaires — impitoyable, sans scrupule.

Non, décidément, Stefanos Ziakas ne valait pas mieux que Stavros Antaxos.

A cette idée, le désespoir la gagna. Vers qui se tourner pour emprunter les fonds nécessaires à la création de son entreprise ? Ce ne serait pas chose aisée, car son père déploierait toute son énergie pour l'en empêcher, elle le savait.

Le bruit de la porte qui s'ouvrait la tira de ses pensées moroses. Stefan se tenait dans l'encadrement. Il s'était manifestement changé. Dans ce simple jean et ce T-shirt à manches courtes, sa musculature était impressionnante. D'ailleurs, son père ne venait-il pas d'en faire les frais ?

Malgré elle, un élan de désir traître s'insinua en elle. Bouleversée, elle sonda le regard si noir dans lequel elle avait tant aimé se laisser aspirer. C'était comme si elle y lisait pour la première fois ce qu'elle avait jusqu'alors soigneusement ignoré : le danger. Une colère profonde, intense, gronda en elle.

Comment osait-il se présenter ainsi devant elle, si décontracté, alors que sa vie venait de se briser en mille morceaux à cause de lui ? Oh ! bien sûr, elle n'oubliait pas sa part de responsabilité.

Mais il l'avait trahie ! Si elle n'avait pas été si stupide, si elle avait pu se douter de ce qu'il allait faire, jamais elle n'aurait pris d'aussi mauvaises décisions.

Ivre de rage, elle passa devant lui et se précipita vers l'escalier menant au ponton. Hors de question de réveiller sa mère avec la terrible scène qui s'annonçait.

Le vent marin lui souleva les cheveux, et elle offrit son visage à la caresse d'un soleil étincelant. Le ciel était d'un bleu limpide. Au loin, l'île d'Antaxos disparaissait et ne serait bientôt plus qu'un point minuscule sur la ligne d'horizon. De tout son cœur, elle espérait ne jamais y remettre les pieds de sa vie.

— Il faut que nous parlions, toi et moi, dit Stefan en la rejoignant. Mais d'abord, j'aimerais savoir pour quelle raison tu as refusé de voir le médecin de bord. Tu es blessée.

— Je n'ai pas besoin de médecin, répliqua-t-elle sèchement.

La colère qui l'habitait était si vive qu'elle avait le plus grand mal à ne pas la lui hurler au visage.

— En revanche, tu devrais peut-être en consulter un toi-même, laissa-t-elle tomber en le fusillant du regard. Parce qu'il doit y avoir quelque chose d'anormal en toi pour que tu sois capable d'organiser aussi savamment tes petites manipulations !

Une expression de stupeur absolue se peignit sur les traits de Stefan.

— Tu m'en veux ? interrogea-t-il, comme si c'était la dernière chose à laquelle il s'attendait. Mais… Je viens de te sauver !

— Tu m'as sauvée d'un péril dans lequel tu m'as mise toi-même ! s'exclama-t-elle. En quoi devrais-je te remercier ?

Il resta silencieux quelques secondes, comme médusé.

— Tu es en colère après moi…

— En colère ? Non ! Je suis folle de rage ! Furieuse ! Et n'essaie pas de me faire croire que tu es venu à Antaxos pour moi. Nous savons aussi bien l'un que l'autre que tu ne songeais qu'à garder l'avantage sur mon père.

— Tu es folle ! Comment peux-tu me prêter autant de perversité ? Rien de tout cela ne serait arrivé si tu avais alerté quelqu'un du comportement de ton père.

— J'ai essayé ! Personne ne m'a crue. Nous sommes une « petite famille merveilleusement soudée »… Tu l'as oublié ? Mon père est l'un des piliers économique de ce pays. Un philanthrope. Même s'il est dur dans les affaires, tous ceux qui le côtoient apprécient son humour, ses manières charmantes, son sens aigu de la famille. Les gens n'ont jamais cru qu'il pouvait en être autrement.

Stefan blêmit. Enfin, il semblait admettre la terrible vérité : ni elle ni sa mère n'auraient pu faire arrêter Stavros Antaxos .

— Sais-tu qu'il soutient plusieurs œuvres de charité en faveur des femmes battues ? reprit-elle, amère. Et pour ta gouverne, j'ai alerté la police, une fois…

— Et alors ?

— Il lui a suffi de prétendre que je passais par une crise d'adolescence difficile. Ils l'ont cru. Et même s'ils ne l'ont pas cru, ils n'ont rien fait. Je suppose qu'ils avaient trop peur de ce qui arriverait s'ils lui passaient les menottes aux poignets… Quoi qu'il en soit, après cet épisode, les choses sont devenues encore plus difficiles pour ma mère et moi.

Stefan ne la regardait pas. Les poings serrés sur la rambarde du ponton, il semblait en proie à une sorte de douleur. Mais comment croire à sa sincérité ?

— Tu m'as laissé croire que je t'avais fait ces bleus affreux, dit-il sur un ton de reproche.

A ces mots, elle sentit la culpabilité lui étreindre le cœur. Troublée, elle le revit, allongé dans le lit, se levant promptement en apercevant ces ecchymoses sur ses bras… Le visage ravagé par l'effroi.

— Je… Je ne savais pas quoi dire, admit-elle, gênée.

— La vérité, peut-être ? Je me reproche de t'avoir parlé aussi durement ce matin, mais je ne disposais d'aucun indice pour comprendre la situation. Il a fallu que je me repose cent fois le problème, après ton départ, pour comprendre que tu avais forcément été brutalisée par quelqu'un d'autre.

— Je regrette, murmura-t-elle en toute sincérité. Je ne pensais pas que cela te perturberait à ce point.

— Ah non ? Pourquoi ? Tu penses que tous les hommes aiment faire du mal à leurs femmes ? Est-ce que c'est bien ce que tu crois, Selene ?

Il semblait vraiment bouleversé et son visage anxieux faisait peine à voir. Elle détourna les yeux et poussa un profond soupir.

— Non. Mais je ne pensais pas à toi, à ce moment-là. Je pensais à ma mère. Et si je t'avais dit la vérité, tu ne m'aurais pas crue, ou alors tu aurais tenté de me retenir.

— Ou bien peut-être que je t'aurais proposé mon aide, répondit-il, une pointe d'amertume dans la voix. Car tu aurais pu me dire que tu fuyais, qu'il en allait de ta survie. Si tu m'avais tout révélé, au lieu de me laisser croire que je t'avais fait du mal, je…

— Mais tu m'as fait du mal, l'interrompit-elle.

Au souvenir de cette trahison, les larmes lui montèrent aux yeux. Pour rien au monde elle ne voulait qu'il la voie pleurer. Détournant la tête un instant, elle se mordit la lèvre de toutes ses forces.

Dire que chaque particule de son corps tremblait encore à l'idée que ce qui leur était arrivé — tout ce qu'elle avait cru vivre de si beau, de si unique — était faux.

— Pour moi, tu étais un héros, avoua-t-elle. Ce soir-là, sur le bateau, tu étais venu me parler. Tu étais tendre, attentionné, alors que personne ne s'intéressait à moi. Par la suite, dès que la situation tournait à l'orage, à la maison, je fermais les yeux et je pensais à toi. La nuit, je rêvais de toi. J'échafaudais des scénarios, j'imaginais sans fin le moment où je te reverrais. Ce qui se passerait, ce que je te dirais, ce que tu répondrais… Et chaque fois, tu te comportais en héros.

— Selene…

Les yeux fermés, elle leva la main d'un geste autoritaire, pour lui interdire de l'interrompre.

— Quand j'ai finalement préparé notre évasion, à ma mère et, moi, enchaîna-t-elle, tu étais évidemment une partie essentielle du tableau. J'avais tout prévu. Tout. De sorte que même si mon plan devait échouer, il ne pouvait en aucun cas aggraver la situation. J'avais une commande importante pour lancer mon affaire de bougies parfumées, assez pour nous faire vivre toutes les deux. J'étais préparée à tout, sauf à tomber sur un homme qui allait me mentir et me manipuler afin de s'offrir un moment de plaisir dans sa rivalité stupide avec un concurrent.

Silencieux, Stefan paraissait ébranlé par ce discours. Tant mieux, il était temps que cet homme comprenne que ses actions avaient des conséquences ! Lentement, il fit un pas vers elle et lui tendit les bras, comme pour l'attirer à lui.

— Non ! s'écria-t-elle en reculant. Ne me touche pas. N'essaie plus jamais de poser tes mains sur moi, tu entends ? Tu ne m'as peut-être pas blessée physiquement, mais tu m'as fait encore plus de mal que mon père.

Parce qu'elle avait tenu à lui. Oh ! Seigneur, elle avait tellement tenu à lui ! Ces moments qu'ils avaient passés ensemble, si brefs, lui étaient apparus comme le plus précieux des cadeaux…

Mais elle ne lui ferait pas le plaisir de lui avouer ! Non, il avait trop abusé de sa confiance pour cela.

— Cette conversation est terminée, conclut-elle très vite en voyant qu'il s'apprêtait à dire quelque chose. Je n'attends qu'une chose de toi : que tu me déposes sur le port le plus proche. Ensuite, tu pourras retourner à la construction de ton empire. Mon père et toi ne valez pas mieux l'un que l'autre.

— Je ne te déposerai nulle part, répondit-il d'un ton irrité. La police va arriver à bord d'un instant à l'autre, et, avant notre retour à Athènes, le sort de ton père sera réglé. Certes, il a des amis très puissants, mais il ne s'en tirera pas facilement maintenant qu'il va avoir affaire à des fonctionnaires qu'il ne peut pas soudoyer. Je ne te laisserai pas quitter ce yacht tant que je n'aurai pas obtenu la garantie que ton père n'aura plus jamais le droit de vous approcher, ni toi ni ta mère. Alors, tant que cette affaire est en cours, tu ne bougeras pas d'ici. Ce n'est pas négociable, Selene. Et, maintenant, je te serais reconnaissant de retourner te reposer dans la cabine de ta mère. Tu as vécu des événements traumatisants, et tu as besoin de repos.

Sur ces mots, il tourna les talons. Interdite, elle contempla sa haute silhouette qui s'éloignait sur le pont.

10.

Dans la cabine principale du yacht, Stefan poussa un long soupir en se laissant tomber dans un fauteuil. Il avait désespérément besoin d'un verre.

Dieu merci, tout était allé très vite. La police avait emmené Stavros Antaxos pour le reconduire sur son île. Une enquête était ouverte, et, dans l'attente du jugement, il lui était interdit d'entrer en contact avec Selene ou sa mère.

Cette femme avait vraiment fait preuve d'un courage inimaginable. Malgré la peur que lui inspirait visiblement son mari, elle avait confirmé aux policiers qu'elle souhaitait entamer une procédure de divorce le plus rapidement possible. Quant à Selene, elle s'était contentée de livrer sa déposition sans adresser un regard à son père.

Hélas, lui-même avait eu droit au même traitement… Pourquoi s'entêtait-elle dans cette attitude glaciale à son égard ? Ne l'avait-il pas aidée ?

Il avala une gorgée de whisky et ferma les yeux. Un défilé d'images ineffaçables le torturait. Celle de Selene, si jeune et fragile, retournant sur cette île maudite, alors qu'elle savait que son père l'y attendait. Tout ça parce qu'il n'avait pas été capable de la protéger, parce qu'il avait laissé ces photos paraître… L'image de sa chevelure si blonde, si lumineuse, imprégnée de sang, au moment où elle courait follement vers lui pour fuir la violence paternelle, s'imposa à lui.

D'un geste mécanique, il avala une nouvelle gorgée d'alcool et sentit le liquide lui brûler l'estomac.

Sur l'île, uniquement mû par son besoin de la protéger, il n'avait pas permis à ses émotions de s'exprimer. Mais en cet instant, tout remontait et il en avait le souffle coupé…

Une « rivalité entre hommes d'affaires »… Pensait-elle vraiment qu'il ne s'agissait que de cela ?

Pris d'une grande lassitude, il posa la tête contre le bureau et ferma les yeux.

Il y avait un moment qu'il était dans cette position — il n'aurait su en estimer la durée exacte — quand une voix s'éleva derrière lui.

— Boss ?

C'était Takis.

Promptement, il se redressa.

— Il y a un problème ?

Un bref silence lui répondit.

— C'est possible, admit enfin Takis. La fille et sa mère sont parties.

— Parties ? répéta-t-il d'un ton si calme qu'il en fut étonné lui-même.

Mais le plus étonnant était le séisme que cette nouvelle déclencha en lui. Bouleversé, il se sentit complètement désemparé. Une sensation qu'il n'avait pas ressentie depuis de nombreuses années.

— Parties où ? reprit-il d'une voix blanche.

— Elles ont quitté le yacht, boss.

Quitter le yacht ? Cela n'avait aucun sens !

— Comment peuvent-elles avoir quitté le yacht ? A la nage ?

— Euh… Nous sommes amarrés depuis vingt minutes, boss.

Stefan tourna la tête vers le hublot. C'était vrai. Il avait dû rester très longtemps assoupi. Et pendant qu'il s'efforçait de recouvrer le calme, ils étaient arrivés à Athènes.

— Comment ont-elles pu s'éclipser ? demanda-t-il.

— Personne ne les surveillait, boss.

Lentement, dans une tentative pour évacuer un peu de la tension qui l'habitait, il se massa les tempes. D'une voix glaciale, articulant chacun de ses mots, il reprit :

— Vous êtes en train de me dire que deux femmes, l'une d'elles dans un état de grande faiblesse, ont quitté mon yacht sans qu'aucun des quatre membres de mon service de sécurité ne s'en aperçoive ?

— J'assume ma responsabilité, boss, répondit Takis en baissant la tête. Renvoyez-moi. A la vérité, je ne m'attendais pas du tout à ce qu'elles essayent de partir. Mais cette jeune femme est très déterminée, et j'aurais dû me montrer beaucoup plus prévoyant. Je l'ai sous-estimée.

— Vous n'êtes pas le seul à avoir commis cette erreur, soupira Stefan en regardant fixement le port.

Elle était partie… et c'était sa faute. Au lieu de l'écouter et de lui prouver qu'il pouvait être digne de sa confiance, il s'était mis en colère. Et s'il y avait une chose que Selene avait assez endurée pour une vie entière, c'était bien la colère masculine ! Rien d'étonnant à ce qu'elle se soit enfuie…

— Stavros Antaxos ne peut plus rien contre elles, observa Takis, mais je dois dire qu'il est si puissant qu'à votre place je me méfierais un peu d'un coup en douce…

Tiré de ses pensées, Stefan releva les yeux vers son

chef de la sécurité. Il avait raison, bien sûr. Cette brute avait amplement prouvé qu'elle était capable du pire.

Oui, sa décision était prise.

— Trouvez-la, dit-il.

Trois semaines plus tard, Selene se concentrait pour ne faire tomber aucun des quatre plats qu'elle s'apprêtait à apporter aux touristes attablés sur la terrasse, quand Mariana se mit à pianoter nerveusement sur son épaule.

— Eh, Léna, regarde un peu celui-ci, murmura la jeune femme.

Mariana était son amie. C'était elle qui avait su persuader le gérant de la petite taverne où elle travaillait maintenant de lui offrir cet emploi. Elle était vive, enjouée, et ne manquait jamais une occasion de lorgner les jeunes et beaux clients.

Avec un clin d'œil entendu, Mariana poursuivit :

— Mais retourne-toi ! Il est tellement canon qu'il ne devrait pas avoir le droit de se promener sans sa mère…

Terrifiée à l'idée de lâcher l'un des plats, Selene se garda bien de se retourner. Au contraire, elle concentra toute son attention sur ce qu'elle faisait et alla servir ses clients. De toute façon, elle n'avait que faire des hommes « canons ».

— Deux moussakas, un *sofrito* et un *kleftiko*, annonça-t-elle. Je peux vous proposer autre chose ?

— Oh ! oui, répondit, tout sourires, l'une des dames du groupe. Donnez-moi cet homme si séduisant, qui se tient à la table un peu derrière vous, s'il vous plaît, mademoiselle. Et dites-moi s'ils ressemblent tous à celui-ci ! Parce que si c'est le cas, je m'installe à Athènes immédiatement.

— Ce serait merveilleux pour notre économie, répondit Selene en souriant, tout en débarrassant la table des verres vides.

En quelques semaines, elle avait acquis le « coup de main », comme disaient ses collègues. Le premier jour, bien sûr, elle avait fait tomber un plateau. Brûlante de honte, elle s'était attendue à être renvoyée… Heureusement, cela ne s'était pas reproduit et elle avait depuis appris à contrôler parfaitement son équilibre. La règle d'or — ne jamais trop charger un plateau — n'avait plus aucun secret pour elle !

— Vos vacances se passent-elles bien ? Alors, avez-vous visité Delphes, hier ? demanda-t-elle au couple d'habitués d'une quarantaine d'années dont elle prenait la commande.

Parler avec les clients, apprendre à les connaître, soigner tout particulièrement les habitués, c'était la partie du travail qu'elle préférait. La *taverna* était très chaleureuse. Et, surtout, elle y jouissait d'une liberté sans précédent. Sous le nom de « Léna », et avec le nom de jeune fille de sa mère, personne ne savait qui elle était… Et cet anonymat accomplissait un vrai miracle. A vrai dire, elle avait l'impression de respirer librement pour la première fois de sa vie.

— Je crois que je vais moi aussi aller y faire une balade dès mon prochain jour de congé, dit-elle en souriant.

— Nous avons suivi vos conseils : nous sommes partis tôt le matin, répondit la cliente. C'était idéal. Je dois dire que les conseils des gens du coin sont toujours vraiment précieux !

Oui, sauf que ses connaissances à elle se limitaient aux conversations entendues et à ses dernières lectures…

— Je suis très heureuse que vous ayez passé un bon moment, conclut-elle en souriant.

— Oh oui, confirma la cliente en baissant légèrement ses lunettes de soleil Et à propos de bons moments, cet homme, là-bas, me fait regretter d'être déjà mariée. Si jamais il cherche de la compagnie, envoyez-le-moi sans hésiter.

Encore ? Prise d'un soupçon soudain, elle ne put s'empêcher de se retourner vers le fameux client qui rendait folles toutes les femmes de la terrasse.

Dans le coin le plus reculé, presque à l'angle de la ruelle, Stefan était installé à l'ombre. Aussitôt, son cœur se mit à tambouriner dans sa poitrine. Même sans l'un de ses sublimes costumes taillés sur mesure, il exhalait le pouvoir et la richesse. Non, c'était injuste. Ce n'était pas à son compte en banque que songeaient toutes ces femmes qui le couvaient du regard… Elles étaient victimes d'un phénomène : ce charisme hors du commun. Ce mélange de virilité exacerbée et de sensualité aussi envoûtante. Un mélange auquel elle avait elle-même succombé…

Oh ! oui, il avait cette présence magnétique qui attirait les regards… Peut-être l'indifférence qu'il affichait y était-elle pour quelque chose ? Sans doute rêvaient-elles toutes de relever le défi, de devenir celle qui saurait le tirer de son détachement flegmatique. Aucune femme au monde — pas même celles qui étaient mariées et heureuses — ne pouvait regarder cet homme sans se demander à quoi ressemblerait une nuit avec lui.

Une question à laquelle elle avait la réponse…

Dès que Stefan arrima son regard au sien, elle

comprit que son changement d'apparence ne l'avait pas trompé. Le souffle court, elle était paralysée par l'éclat unique de ces yeux noirs braqués sur elle. Tout son corps brûlait d'un feu lancinant, et, malgré ses efforts, elle ne put tourner les talons.

Quelque chose se passait entre eux… Quelque chose d'incroyablement puissant. Comme une force primaire, sauvage, qui imposait à son esprit les images de leur nuit ensemble — des souvenirs si vifs, si magnifiques, qu'ils resteraient à jamais inoubliables.

Néanmoins, elle n'oubliait pas que tout cela reposait sur une manipulation. Sur des mensonges.

— Bonjour, dit-il quand elle vint se planter devant lui.

Son cœur battait si fort qu'elle éprouvait un léger vertige.

— Que fais-tu ici ? demanda-t-elle.

Il haussa négligemment les épaules.

— Je fais une pause à la terrasse d'une *taverna* après une longue et harassante journée de travail, dit-il en souriant, étirant ses jambes devant lui comme pour mieux illustrer ses propos.

— Ah. Et pourquoi avoir choisi précisément celle-ci ?

— Je crois que tu connais déjà la réponse à cette question, dit-il, en la regardant droit dans les yeux.

A ces mots, un frisson lui parcourut le dos. Seigneur, était-il en train de lui avouer qu'il l'avait fait rechercher ? Pourquoi ?

Au comble du malaise, elle avait une conscience aiguë des regards des clients fixés sur eux. Oui, tout le monde les observait. Elle croisa le regard de son patron qui la suivait des yeux. Mieux valait se remettre au travail sans faire d'esclandre, elle ne pouvait pas se permettre de perdre cet emploi.

— Que puis-je te servir ? demanda-t-elle sèchement.

— Un café.

Il la dévisagea avec insistance et ajouta :

— J'aime beaucoup tes cheveux. Cette coupe te va très bien.

Malgré elle, elle se sentit rougir et porta machinalement une main aux mèches légères qui lui frôlaient les épaules. En fait, elle les avait coupés elle-même. Quelques coups de ciseaux avaient suffi pour qu'elle devienne Léna. Pour commencer une nouvelle vie. Une vie qui lui souriait. N'avait-elle pas eu la chance de trouver un travail ? Elle n'ignorait pas que bien d'autres cherchaient désespérément un emploi, dans cette ville.

— Qu'est-ce que tu veux, Stefan ? demanda-t-elle, agacée.

— Tu n'avais pas à les couper. Tu n'as pas besoin de te cacher…

Une vague de panique monta en elle, et elle se retourna anxieusement. Pourvu que personne ne les ait entendus.

— Je ne me cache pas, répondit-elle très bas. Je travaille dans un restaurant au grand jour. Et j'aimerais prendre ta commande.

— Tu tentes par tous les moyens de ne pas attirer l'attention sur toi. Tu t'es coupé les cheveux, tu te comportes avec nervosité, tu n'es pas tranquille… Je peux te protéger.

La protéger ? Elle sentit son estomac se nouer.

— Trop tard. Je ne crois plus aux héros.

— Mais peut-être crois-tu que tout homme a le droit de commettre une erreur ? reprit-il. Non ?

A quel jeu jouait-il ? Hors de question de l'écouter plus longtemps. Cet homme était un maître de l'argumentation, un spécialiste de la persuasion. Si elle l'écoutait, il serait capable de la convaincre de n'importe quoi.

— Je vais te chercher ton café, puisque tu ne veux rien d'autre, dit-elle en tournant les talons.

Un cri lui échappa lorsque Stefan referma sa main sur son poignet, pour l'empêcher de s'éloigner.

— Lâche-moi, supplia-t-elle très bas en lui jetant un regard affolé.

— Je ne le laisserai jamais plus te faire du mal, dit-il en plongeant son regard grave et intense dans le sien.

— Je me fiche de ce qu'il fait, chuchota-t-elle vivement.

— Ne mens pas. Ecoute… Il a été relâché presque immédiatement, mais nous ne t'avons pas perdue de vue une minute.

— Nous ?

Oh ! non, Seigneur, ce n'était pas possible… Il n'avait pas osé la faire suivre et surveiller durant tout ce temps ?

— Il fallait bien veiller à ce que tu ne coures aucun danger, soupira-t-il. C'était le moins que je puisse faire. Comme tu l'as abondamment répété, c'est par ma faute que tu t'es retrouvée dans cette situation, je n'avais pas d'autre choix que t'aider. Une chose est sûre, il ne s'approchera plus jamais de toi.

— Tu m'as fait suivre ? répéta-t-elle, encore sous le choc.

— Pour ta sécurité…

Une douleur fulgurante la plia en deux tandis qu'un froid glacial s'engouffrait en elle. Trois semaines. Depuis trois semaines, elle était suivie… Et elle n'avait rien vu. Pourtant, elle était toujours restée sur ses gardes, elle s'était montrée prudente, très prudente. Comment était-ce possible ?

Terrfiée, elle balaya les environs du regard. Personne. Aucun homme posté dans un coin, occupé à la surveiller… Seulement des touristes. Un groupe d'Américains, un couple de Britanniques, une bande d'étudiants du quartier, deux adolescentes en train de glousser…

— Comment ? insista-t-elle. Qui m'a surveillée ?

— Il t'aurait été impossible de les repérer, alors cesse de te reprocher de ne pas avoir su les voir, répondit-il.

— J'ai été vigilante.

— Je le sais. Et ils le savent aussi. Tu n'as pas baissé la garde depuis des semaines. Takis n'emploie que les meilleurs. Si tu avais découvert leur présence, il aurait perdu immédiatement sa place.

Takis… Selene se rappela à quel point le colosse s'était montré prévenant envers sa mère. Il avait trouvé les mots pour la rassurer, la convaincre de venir sur le yacht et de tirer un trait sur son mariage… Avec elle, il avait également été doux et prévenant.

— C'est quelqu'un de bien, dit-elle dans un soupir. Je l'ai beaucoup apprécié.

— Je ne recrute que les meilleurs, moi aussi. Tu n'as aucune raison d'avoir peur.

— Je n'ai pas peur, répliqua-t-elle en lui décochant un regard noir, et je n'apprécie pas du tout que tu te mêles de ma « sécurité ».

— Tu m'as reproché de t'avoir mise en danger. Tu ne peux pas m'empêcher de vouloir remettre les choses en ordre.

Un sourire tranquille ne quittait pas ses lèvres tandis qu'il parlait. Comment pouvait-il se montrer aussi calme ? C'était insupportable ! Comme s'il s'agissait d'une banale conversation entre serveuse et client !

— Si tu veux éviter de me mettre en danger,

reprit-elle, sur la défensive, la meilleure chose à faire est de garder tes distances.

— Nous en parlerons au dîner, Selene.

— Dîner ? répéta-t-elle. Pas question.

— La dernière fois que nous avons passé une soirée ensemble, elle a été merveilleuse… Je veux te revoir.

La revoir ? Soudain, l'air lui manqua. Non, ce n'était pas possible… Malgré le tumulte de ses émotions, malgré le désir qu'il lui inspirait — et contre lequel elle luttait de toutes ses forces —, elle savait que jamais plus elle ne lui ferait confiance. C'était fini.

11.

Au prix d'un effort surhumain, Selene ignora le profond chagrin qui venait de se réveiller dans son cœur.

— La dernière fois que nous avons passé une soirée ensemble, répondit-elle, tu as détruit ma vie. Je vais te chercher ton café. Et je m'appelle Léna.

Sans lui laisser une chance de réagir, elle se hâta à l'intérieur de la *taverna*. Pourvu que personne ne remarque les tremblements qui agitaient tous ses membres…

Fort heureusement, tout le monde semblait trop accaparé en conjectures sur l'identité de ce séduisant inconnu pour prêter la moindre attention à elle. Après tout, elle n'était que la nouvelle serveuse.

— Est-ce que ça va ? demanda Mariana en venant vers elle, le visage rougi par la chaleur.

— Oui, mais il fait vraiment chaud, répondit Selene pour faire diversion.

Un groupe de jeunes gens venait de s'installer à une table toute proche. D'un pas décidé, elle se rapprocha pour les servir quand Mariana l'arrêta.

— Je m'en occupe, dit-elle. On dirait qu'ils ont déjà un peu trop bu… C'est mon rayon.

— Je peux me débrouiller, assura Selene.

Toute diversion serait bonne à prendre…

— Toi, tu sers Zoakas, répliqua son amie. C'est plus

important. Tu sais, beaucoup de gens aimeraient qu'il renonce aux affaires pour se tourner vers la politique et diriger le pays. Il saurait nous sortir de nos ennuis, lui. Il suffit de le regarder pour comprendre que cet homme-là réussit tout ce qu'il entreprend.

Durant une fraction de seconde, Selene demeura paralysée, puis elle dévisagea Mariana en silence. Seigneur, comment avait-elle pu être aussi aveugle ?

— Tu travailles pour lui ! s'exclama-t-elle. C'est toi qui me surveilles depuis des semaines !

Mariana parut hésiter.

— Je ne suis que l'une des personnes qui veillent sur toi, finit-elle par admettre avec un haussement d'épaules. Je ne vois pas pourquoi en faire un secret… Si un homme se donnait tant de mal pour moi, j'aimerais le savoir. Tu sais, il a remué ciel et terre. A l'évidence, il est fou de toi.

— Je croyais que nous étions amies, murmura Selene, étourdie par cette révélation.

— Mais nous le sommes. Le fait que je sois experte en arts du combat ne signifie pas que je ne peux pas avoir d'amis.

De plus en plus décontenancée, Selene resta bouche bée avant de balbutier :

— Alors… Alors tu es ?…

— Une ex-militaire. Fort heureusement, je sais également très bien préparer un cappuccino. C'est un talent très utile.

Une ex-militaire ? Pour sa sécurité ? Médusée, elle prit la tasse du café déposée sur le comptoir, et la tendit à Mariana.

— Dans ce cas, tu peux très bien le servir toi-même. C'est ton patron, non ?

— Hum… Plusieurs niveaux au-dessus de moi,

en fait. Techniquement, je travaille pour Takis. Je ne comprends pas pourquoi tu te mets dans tous tes états. Ce type a quasiment enrôlé toute l'armée pour assurer ta sécurité. Si un homme comme lui m'entourait de tant de soins, je n'irais pas m'en plaindre. Il est si chevaleresque… Malheureusement, je n'attire que les losers… Et dès qu'ils découvrent que je serais capable de leur casser un bras d'un seul mouvement, ils prennent leurs jambes à leur cou.

— Crois-moi, il n'a rien de chevaleresque, s'écria Selene.

— Non, bien sûr… Il se donne toute cette peine uniquement parce qu'il s'ennuie, je suppose.

Mariana saisit une cuiller qu'elle déposa dans la soucoupe.

— Tu devrais lui donner une chance. Accepter au moins de sortir une fois avec lui. Il t'emmènerait dîner dans un restaurant luxueux, tu passerais une bonne soirée.

Selene laissa échapper un soupir désolé.

— Sauf que le problème avec les hommes riches, c'est qu'ils pensent que leur argent leur donne le droit de t'écraser.

— Hum… Je veux bien me faire « écraser » par un homme de ce genre aussi souvent qu'il le voudra. Mais je ne pense pas que ça l'intéresse, hélas, et cela ne risque d'ailleurs pas d'arriver. Il n'a d'yeux que pour toi. Tu comptes sérieusement l'ignorer ?

Déjà, Selene ne l'écoutait plus. Un doute soudain l'avait saisi. Etait-il possible que…

— Dis-moi, Mariana, a-t-il fait en sorte que je décroche ce boulot ?

A ces mots, son amie pâlit.

— Euh, je…

— Oh ! mon Dieu. Il ne manquait plus que ça. Alors je n'ai même pas obtenu ce travail par moi-même.

Furieuse, elle se dirigea tout droit vers le groupe de jeunes garçons et demanda :

— Que puis-je vous offrir ?

Ces garçons étaient bruyants, mais inoffensifs, elle le savait. C'était leur troisième visite à la *taverna* cette semaine.

— Lena, dis-moi, quels sont les plats du jour ?

Souriante, elle leur tendit les menus et leur récita la liste de toutes les spécialités de la journée.

— Je vous recommande tout particulièrement l'agneau, ajouta-t-elle machinalement.

— Nous allons au club, après dîner, lança l'un d'eux. Tu viens avec nous ?

— Oh ! je serai trop fatiguée. La journée a été longue. Mais merci quand même pour l'invitation !

En quelques semaines, elle avait appris à refuser avec grâce les propositions de ce genre, sans jamais manquer de remercier chaleureusement son auteur. Oui, ce métier lui plaisait plus qu'elle ne l'aurait cru…

Discrètement, elle jeta un coup d'œil vers la table de Stefan. De toute évidence, il ne l'avait pas quittée des yeux. Parfaitement immobile, il regardait toujours dans sa direction.

Elle se retourna vers la salle et contempla sans les voir ses collègues, son patron, les clients…

Dire qu'elle avait été observée à son insu depuis si longtemps… Qui d'autre l'avait surveillée ?

Soudain, elle prit une décision. Une décision irrévocable. Elle n'avait pas le choix.

Contournant le bar, elle alla droit vers le gérant et lui annonça, avec un large sourire, qu'elle se sentait malade et devait rentrer chez elle.

Naturellement, il ne pouvait pas le lui refuser. Aussitôt, elle se rua dans les toilettes. Après avoir retiré son tablier, elle se hissa sur la cuvette pour passer par la grande fenêtre qui donnait sur la rue. Bien sûr, Stefan la retrouverait forcément un autre jour. Mais pour aujourd'hui, elle avait gagné. Il allait devoir se résoudre à ce qu'elle ait disparu.

Dès qu'elle retomba sur le bitume, elle lissa les plis de sa jupe et prit la direction de chez elle. Etonnamment, elle se sentait plus chez elle dans cette chambre minuscule, située dans un quartier bruyant du cœur de la ville, qu'elle ne l'avait jamais été.

Comme elle s'engageait dans un entrelacs de ruelles vides, elle sentit son cœur battre un peu plus fort. Même si c'était irrationnel, elle redoutait toujours de tomber sur son père. Saisie par une bouffée d'angoisse, elle hâtait le pas quand une main puissante se posa sur son épaule. Terrifiée, elle poussa un cri.

— Ce n'est que moi, protesta Stefan.

— Pourquoi m'as-tu rattrapée ? protesta-t-elle, furieuse. Tu n'avais pas le droit de me suivre !

— Je n'aurais pas eu à le faire si tu n'avais pas pris la fuite. Cette discussion est importante et tu le sais, Selene…

Sous son regard brûlant, elle réprima un frisson.

— Je ne t'ai pas invitée à cette soirée à cause de ton père. Si je t'ai invitée chez moi, c'est parce que tu étais charmante, sexy, et que je voulais passer du temps avec toi.

— Je ne veux plus en parler. C'est trop tard, Stefan.

— Les journalistes prennent sans cesse des photos de moi. Cela fait partie de ma vie. A tel point que je n'y pense même plus. Mais si tu m'avais dit combien il était important que ton père ignore que tu étais venue me voir, j'aurais fait le nécessaire.

Comment osait-il ? Estomaquée, elle le fusilla du regard.

— Tu prétends que ce qui est arrivé était ma faute ?

— Non. Je sais que j'en suis responsable. Et je te présente mes excuses, car j'aurais dû penser qu'il était possible que des photos soient prises durant la soirée. Seulement, ce soir-là, je ne pensais pas. Je ne regardais que toi.

Bouleversée, elle le dévisagea. Dans sa poitrine, son cœur lui semblait soudain sur le point de se briser.

Stefan avait couru jusqu'ici dès qu'il avait compris qu'elle avait quitté la *taverna*. Il était clair qu'il tenait absolument à revenir sur ce qui s'était produit cette nuit-là… Mais c'était trop tard, maintenant. Quel gachis !

— Cela n'a plus d'importance, assura-t-elle. Je suis passée à autre chose.

— Oui mais sans moi, observa-t-il. Et ce n'est pas ce que je voulais.

Un silence gêné suivit cette déclaration.

— Ta mère semble aller très bien, poursuivit-il.

— Oui, répondit-elle, soulagée de revenir à un sujet qui lui procurait un bonheur véritable et profond. Elle a retrouvé le groupe d'artistes avec lequel elle était arrivée à Athènes quand elle était adolescente. Des amis fidèles, qui l'ont accueillie avec joie. C'est incroyable, malgré tout ce temps, ils avaient conservé un grand atelier commun… Elle s'est installée avec eux, et elle s'est remise à peindre comme si elle n'avait posé son pinceau qu'hier. Elle retrouve peu à peu confiance en elle, elle travaille, elle rit…

Frappée par une pensée soudaine, elle s'interrompit et lui lança un coup d'œil suspicieux.

— Une seconde, comme sais-tu qu'elle va bien ? Tu l'as suivie, elle aussi ?

— Bien sûr. Je me soucie de sa sécurité ! Contrairement à toi, ta mère se félicite de cette protection, qui lui permet de se détendre et de profiter pleinement de sa nouvelle vie.

Quand on savait à quel point sa mère avait été terrorisée par son mari, cela n'avait rien d'étonnant. Après tout, tant mieux si grâce à Stefan elle pouvait regagner un peu de la joie de vivre perdue.

— Je te suis reconnaissante de ce que tu fais pour ma mère, dit-elle. Vraiment. Mais cela ne change rien à ce que je pense de toi, Stefan.

— Je te trouve bien cynique, soudain, *koukla mou*. Cela ne te ressemble pas. Ce n'est pas toi.

— C'est pourtant ce que je suis devenue, assura-t-elle. Et c'est ta faute.

Un sourire sarcastique se dessina sur les lèvres de Stefan.

— Vraiment ? Tu as changé de personnalité en quelques semaines ? Je n'y crois pas… Tu es la personne la plus ouverte et la plus spontanée que je connaisse, Selene.

En geste de défense, elle croisa les bras sur sa poitrine.

— Tu veux dire stupide.

— Non, pas du tout.

Il prit une profonde inspiration.

— Je suis conscient que nous avons quelques obstacles à surmonter, mais nous y parviendrions bien mieux si je n'avais pas à m'inquiéter de ta sécurité du matin au soir. Je voudrais que tu viennes t'installer chez moi, dans ma villa. Ne serait-ce que provisoirement.

— Non, merci.

— Je ne veux pas que tu vives seule.

— Eh bien, moi, en revanche, c'est ce que je veux, déclara-t-elle. J'ai vécu sous le régime tyrannique de mon père si longtemps que je veux aller et venir à ma guise, porter ce qui me plaît, voir qui j'ai envie, être qui j'ai envie…

— Et qui veux-tu être ? demanda-t-il.

— Moi-même, répondit-elle aussitôt. Je veux être moi-même. Pas ce que les autres attendent de moi.

Il lui sourit avec une telle simplicité qu'elle sentit son cœur fondre d'attendrissement.

— Alors si je demande au nouveau toi-même d'aller dîner avec moi, ai-je une chance d'obtenir un rendez-vous ?

Selene déglutit avec peine. Il était si près d'elle que les effluves de son parfum lui montaient à la tête. Son corps, grand, musclé, protecteur, dégageait une chaleur ensorcelante.

Autour d'eux, l'obscurité était tombée. Ils étaient seuls dans cette ruelle, protégés du vacarme des touristes par la hauteur des murs et des immeubles.

Soudain, la peur s'empara d'elle. Une peur terrible. En vérité, ce qui l'effrayait plus que tout, c'était cette perspective terrifiante de commettre une nouvelle erreur de jugement si elle se trouvait de nouveau sous l'influence de cet homme. Une erreur de jugement irréparable, cette fois. Plus que tout, elle voulait éviter de devenir cette femme à qui un homme pouvait faire tourner la tête d'un claquement de doigts. N'avait-elle pas déjà payé le prix fort pour ses erreurs ?

— Quelle importance ? demanda-t-elle prudemment. Pourquoi insistes-tu tellement ?

— Quand quelque chose est important à mes yeux, je me donne le mal qu'il faut pour l'obtenir. C'est tout.

— Tu prétends que moi, je serais importante pour toi ? Voyons, Stefan… Nous avons passé une nuit ensemble, et tu te comportes comme si c'était la relation la plus importante que tu aies jamais eue.

— Pourquoi pas ? Pour toi, je suis bien la seule relation que tu aies jamais eue.

Son regard noir ne la quittait pas, comme s'il cherchait à lui dire quelque chose.

— Tu veux me faire croire que tu ne souhaites pas aller plus loin ? poursuivit-il. Que tu n'y penses plus du tout ?

Malgré elle, une bouffée de chaleur naquit au creux de son ventre. Seigneur, quand il arrimait ainsi ses yeux aux siens, elle avait le plus grand mal à ne pas perdre sa concentration.

Avec franchise, elle répondit :

— J'essaie de ne pas y penser. Parce que dès que les souvenirs resurgissent, je me souviens aussi que tu m'as manipulée dans le but de marquer quelques points contre mon père.

Un muscle tressaillit sur la mâchoire de Stefan. Il semblait faire un gros effort pour conserver son calme.

— Tu ne veux pas croire que ce n'était pas intentionnel, n'est-ce pas ?

— Non, admit-elle. Je crois que tu essaies seulement de t'extirper d'une situation pénible en prétendant le contraire.

Il hocha lentement la tête.

— Je vois. Bon, même si tu ne veux pas dîner avec moi, tu es en train de te tuer à la tâche dans ce restaurant… Laisse-moi t'aider.

— Je n'ai pas besoin d'aide. Je me débrouille très bien toute seule.

— Dans une *taverna* ? s'exclama-t-il. Qu'as-tu fait de tes ambitions ? Les bougies parfumées ? Ton entreprise ? Où est ce rêve ?

— Il est toujours là, confirma-t-elle posément. Mais d'abord, je dois rassembler la somme nécessaire pour monter mon entreprise.

Il secoua la tête d'un air affligé.

— Et tu es déterminée à passer par la manière forte pour y arriver ? C'est ça ?

— Je suis déterminée à y arriver.

— Selene, je me suis engagé à te prêter la somme nécessaire, insista-t-il. Cette offre est toujours valable.

— Je ne souhaite plus t'emprunter de l'argent..

Il fronça les sourcils et la dévisagea avec une telle insistance qu'elle se sentit rougir.

— Tu as peur de ne pas dominer tes sentiments si tu te trouves en ma présence ? demanda-t-il en la regardant droit dans les yeux.

— C'est vrai, admit-elle très bas, avant d'enchaîner d'un ton plus agressif : Il se pourrait que je te gifle. Je ne peux pas garantir d'être capable de m'en empêcher à temps.

Avec un sourire, il désigna l'un des petits immeubles du fond de la ruelle.

— C'est là que tu vis ?

Elle poussa un profond soupir.

— Le lieu où j'habite ne te concerne pas Stefan. Ni celui où je travaille, mes activités ou mes fréquentations. C'est ma vie, et je n'en partage les détails avec personne.

— Selene, je veux t'aider, et l'aide que je te propose n'a aucun rapport avec ce qui nous arrive…

— Il ne nous arrivera plus rien, l'interrompit-elle vivement. La prochaine fois que je m'engagerai avec un homme, je m'assurerai au préalable qu'il a un attachement profond envers les valeurs familiales, et qu'il ne traite pas le sentiment amoureux comme un dangereux virus à éviter à tout prix.

— La famille, répéta-t-il, visiblement stupéfait. Tu crois encore en la famille après ce qu'il t'a fait ?

Incapable du moindre mouvement, elle le regarda s'approcher et lever la main vers son visage pour dessiner du bout du pouce le contour de ses lèvres

Elle tenta de rester indifférente à ce contact, mais c'était comme si des éclairs lui traversaient le corps.

— L'amour te rend vulnérable, c'est tout, *koukla mou*, chuchota-t-il. Tu as mal parce que tu aimes.

— Je n'ai pas mal.

— J'ai vu ton visage, ce jour-là, sur l'île. J'ai vu la façon dont tu le regardais.

— C'est mon père. Rien n'effacera cela.

Troublée, Selene sentit les larmes lui monter aux yeux. Comment en étaient-ils venus à parler de ça ? C'était incompréhensible. N'avait-elle pas toujours soigneusement dissimulé ces sentiments honteux ? Pourtant Stefan semblait avoir deviné tant de choses… Oui, toute la haine qu'elle vouait au monstre qui avait brisé la vie de sa mère et gâché sa jeunesse ne parvenait pas à tuer un sentiment d'amour filial. Pourquoi son père ne parvenait-il pas à l'aimer ? Cette question la hanterait certainement jusqu'à la fin de ses jours. Avec un peu de chance, cependant, elle prendrait de moins en moins de place. Déjà, aujourd'hui, ne lui semblait-il pas absurde de vouloir être aimée par quelqu'un qui lui faisait horreur ?

— C'est compliqué, murmura-t-elle.

— Les sentiments sont toujours compliqués. Pourquoi crois-tu que je tienne tant à les éviter ?

Oui, pourquoi, en effet ? En vérité, elle aurait aimé savoir d'où venait ce voile noir, sur son visage lorsqu'il abordait ces sujets-là… Ou comment elle devait interpréter ses silences. Intriguée, elle l'observa plus attentivement. Ses épaules étaient contractées et son visage avait pris une expression sévère.

— Si je puis me permettre un conseil, oublie ton père, poursuivit-il. Il n'est pas digne d'une seule de tes larmes. Quant à la famille… Sache bien que si tu voyages seule à travers l'existence, personne ne pourra te faire de mal.

Elle le fusilla du regard.

— Grâce à mon père, j'ai été seule pendant les vingt-trois dernières années. Recluse, privée de toute compagnie, isolée du monde, telle une paria. Pour la première fois, je me fais des amis et c'est merveilleux. Personne ne sait que mon nom est Antaxos, tout le monde se fiche de savoir d'où je viens… Je suis Léna, et c'est suffisant.

Comme un groupe de touristes semblait se rapprocher, elle tressaillit.

— Oui, soupira Stefan, mais pour quelqu'un qui ne supportait pas de vivre dans le mensonge, tu n'as pas vraiment réussi à t'en débarrasser. Tu es Léna, une serveuse qui devra économiser durant des années pour monter son entreprise, et qui en attendant, va passer son temps à jeter des regards terrifiés derrière elle…

Il s'approcha encore d'un pas et passa son bras autour de ses épaules, d'un geste protecteur, au moment où une foule bruyante allait les bousculer.

Blottie contre lui, elle sentit toute son appréhension disparaître.

— Je peux te protéger, dit-il. Tu n'as plus rien à redouter de ton père si tu es auprès de moi.

Mais c'était de lui qu'elle avait peur… Ou plutôt des sentiments qu'il lui inspirait. D'un geste brusque, elle se dégagea de son étreinte.

— Pourquoi en reviens-tu toujours à ta rivalité avec mon père ?

A ces mots, il sembla se tendre davantage et lui décocha un regard dur.

— Tu crois vraiment que mes sentiments pour ton père sont liés à des affaires économiques ?

Menaçant, il fit un pas vers elle.

— Ton père a détruit le mien Selene. Il lui a tout pris. Tout, est-ce que tu comprends ? A commencer par ma mère.

Détruit ? Sa mère ? Que voulait-il dire ? Mais Stefan ne lui laissa pas le temps d'assimiler l'étendue de ce qu'il venait de lui révéler.

— J'avais huit ans lorsque Stavros Antaxos est descendu de son yacht de star pour venir tenter ma mère avec des promesses d'existence luxueuse, au-delà de tous ses rêves. Au cas où elle changerait d'avis et préférerait finalement retourner à son mari et à son fils, il s'est assuré qu'il n'y ait rien vers quoi revenir. Il a détruit la petite entreprise de mon père. Pour être sûr de le priver de toute dignité, il l'a mené à la faillite. Mais l'ironie de l'histoire, c'est que mon père avait perdu ce sens de la dignité tout seul, sans son aide. Quand ma mère est partie, plus rien n'a eu d'importance à ses yeux. Il l'aimait tant que la vie n'avait plus de sens sans elle. Alors avant de me juger, rappelle-toi que j'ai de très bonnes raisons de détester ton père.

Selene vacilla. C'était comme si la ruelle s'était mise à tourner autour d'elle. Incapable de détourner le regard, elle contemplait le visage ravagé de douleur de Stefan. C'était la première fois qu'il s'ouvrait à elle et le flux d'émotions qui bouillait en elle l'empêchait de réfléchir. Comme elle avait mal pour lui ! L'image de petit garçon de huit ans qu'il avait été — privé de sa mère, puis du soutien de son père — la bouleversait.

— Je… Je ne savais pas, balbutia-t-elle.

— Eh bien, maintenant, tu sais, répondit-il d'une voix distante.

A peine avait-il entrouvert son armure que déjà il la refermait. Sur son visage, le masque habituel de l'homme d'affaires sûr de lui avait remplacé l'expression du chagrin.

— Il y a toujours eu beaucoup de femmes, bien sûr, reprit-elle, encore sous le choc de cette révélation. Avant son mariage… et après. Je ne supportais pas que ma mère s'en accommode. Mais il avait réussi à la fasciner, puis à la tenir à sa merci. Il parvenait à annihiler toute forme de volonté chez elle.

— Oui, c'est son mode opératoire, dit Stefan.

— Je suppose que c'est lié à une forme d'insécurité, murmura-t-elle.

Elle avait souvent eu cette intuition, mais aujourd'hui elle en était plus convaincue que jamais.

— Il ne peut pas croire qu'une femme ne le quittera pas, alors il conforme la réalité à son désir. Il enferme sa proie dans un endroit éloigne, entouré de rocs infranchissables. Il la contraint à la soumission en la terrorisant.

Un souvenir particulièrement glaçant lui noua l'estomac.

— Je sais qu'il y a eu une femme, autrefois…, murmura-t-elle. Une femme follement amoureuse de lui, quelques années avant qu'il ne rencontre ma mère. Et cette femme s'est tuée. On a retrouvé son corps noyé entre les récifs d'Antaxos…

Brutalement, Stefan l'interrompit, les doigts refermés sur son poignet.

— Tu ne peux pas dire que c'était un suicide ! Nous n'avons jamais su si elle avait sauté ou si c'était un accident.

Sur ces mots, sans même lui laisser une chance de répondre, il la lâcha, tourna les talons et partit à grandes enjambées.

Dévastée, elle le regarda partir.

Seigneur. Cette femme était sa mère.

— Stefan ! Attends, Stefan !…

Elle courut à sa poursuite et s'engouffra dans la grande rue emplie de touristes. Hélas, il était trop tard. Sa voix était absorbée par les rires des passants, et la haute silhouette de Stefan n'était visible nulle part.

Il venait de sortir de sa vie, la laissant avec la certitude qu'elle l'avait terriblement mal jugé.

12.

Assis à son bureau, Stefan écoutait ses collaborateurs lui présenter un plan d'action qui aurait dû retenir toute son attention, mais son esprit était ailleurs. Habité par les souvenirs qu'il avait libérés : la dépression de son père, la certitude, à l'âge de huit ans, de ne jamais plus revoir à sa mère. Pourtant, à cette douleur ancienne s'ajoutait une blessure plus terrible encore : il avait perdu Selene. Il y avait huit jours qu'il vivait avec cet amer constat, huit nuits qu'il en avait perdu le sommeil.

Malgré la climatisation, il étouffait. Il fallait qu'il ait complètement perdu la tête, le jour où il s'était intéressé à la fille de Stavros Antaxos. Pourquoi diable avait-il passé la nuit à discuter avec elle, sur ce yacht ? Cette décision aurait dû lui apparaître sur-le-champ pour ce qu'elle était : dangereuse, absurde, vouée à lui attirer les pires ennuis.

— Stefan ?

Distraitement, il releva la tête et s'aperçut que Maria se tenait sur le seuil du bureau.

Jamais elle n'avait interrompu une réunion… Inquiet, il scruta le visage de son assistante. Etait-ce de l'inquiétude qu'il y décernait ?

En un éclair, il fut sur ses pieds et tenta de ne pas céder à la panique. Takis n'aurait jamais permis que quoi que ce soit arrive à Selene !

— Que se passe-t-il ? Elle va bien, n'est-ce pas ? demanda-t-il en se précipitant dans le bureau de Maria. Vous avez eu de ses ?...

Il s'interrompit en découvrant la jeune femme debout près de lui. Les rayons du soleil matinal illuminaient sa ravissante chevelure.

Elle portait un débardeur de coton très simple et un short en jean révélant la longueur extraordinaire de ses jolies jambes bronzées.

Des larmes ruisselaient sur son visage.

— *Theé mou*, que s'est-il passé ?

Sans même réfléchir, il se dirigea vers elle et posa sa main sur celle de Selene.

— Il t'a retrouvée ? T'a-t-il menacée d'une manière ou d'une autre ?

Elle secoua la tête en signe de dénégation.

— Non, non, il n'a pas cherché à reprendre contact avec moi. Ce n'est rien de ce genre.

— Mais alors, qu'est-ce qui ne va pas ? reprit-il, désarçonné. Dis-le-moi.

La porte se referma doucement. Maria était sortie. Encore une fois, il était seul avec cette femme. Une femme qu'il ne pouvait approcher sans risquer de perdre la tête. Il l'invita néanmoins à venir s'asseoir près de lui sur le canapé en cuir destiné aux visiteurs.

Dès qu'elle fut installée, elle laissa échapper une exclamation de désespoir.

— Oh ! Stefan... Je me suis tellement trompée à ton sujet... Je regrette tant ! Tout est ma faute.

Elle leva vers lui ses grands yeux emplis de larmes et reprit :

— Après t'avoir rencontré il y a cinq ans, je t'ai paré de toutes les vertus, j'ai fait de toi un héros. Je ne pensais plus qu'à toi, je rêvais de toi, et, quand je t'ai retrouvé, tu étais un homme fascinant, toujours aussi généreux. Ensuite…

Sa voix s'entrecoupa de sanglots.

— Ensuite, nous avons vécu cette soirée formidable, et la nuit a été tout simplement magique. Jamais je n'aurais pensé pouvoir éprouver des émotions aussi intenses dans les bras d'un homme…

— Il faut que tu reprennes ta respiration, *koukla mou.*

— Non, il faut que je parle tout de suite, parce que je me sens extrêmement mal, et que tout cela ne s'arrêtera que lorsque je t'aurai dit ce que je dois te dire. Il faut que tu m'écoutes.

— Je t'écoute, assura-t-il, mais il est important que tu retrouves ton calme.

— Non, la seule chose importante, c'est que tu saches que je me suis trompée du tout au tout. J'ai cédé à la panique en voyant ces photos et, comme tu prenais la chose à la légère, j'en ai déduit que tu étais responsable. Je ne voulais même pas connaître ton point de vue sur la situation. J'étais certaine d'être dans mon bon droit… Alors que tu ne pouvais pas te douter de la vérité. De toute façon, j'avais tellement l'habitude de jouer mon rôle dans la comédie de la parfaite petite famille que j'ignorais comment en sortir ou révéler que tout était faux.

— Cela n'a plus d'importance, maintenant, soupira-t-il. Tout va bien.

— Oh non, tout ne va pas bien. Parce que tu es venu sur l'île : tu as fait tout ce chemin, avec ton yacht, ton équipe de sécurité… Tu es venu pour me sauver. Tu nous as sauvées, ma mère et moi… et je t'ai remercié en t'accablant de reproches ! Puis, en découvrant que c'était grâce à toi que j'avais obtenu mon travail, et que tu veillais à ma sécurité depuis des semaines, je t'ai de nouveau hurlé dessus…

— Tu tenais beaucoup à être indépendante, répondit-il. J'ai fini par le comprendre.

— J'étais irréaliste, s'exclama-t-elle. Je n'ai aucune expérience, j'ignore tout de la vie en société, je ne sais rien des formalités administratives ou de la vie quotidienne dans ses aspects pratiques… En fait, je n'ai strictement rien à offrir à un employeur. Quand je pense que je me suis imaginé qu'on pouvait m'offrir un travail de serveuse, alors que tant de gens sont au chômage malgré leur expérience professionnelle… La vérité, c'est que si tu n'étais pas intervenu en ma faveur, je me serais probablement retrouvée à dormir sur le pavé.

— J'ai connu les nuits dans la rue, et jamais je n'aurais permis que cela t'arrive, dit-il en plantant son regard dans le sien.

Elle resta un instant silencieuse, comme si cet aveu sur son passé misérable lui déchirait le cœur. Il vit les larmes briller de plus belle dans son adorable regard vert.

— Je veux que tu me racontes tout cela, dit-elle d'une voix tremblante. Je n'arrive pas à croire que tu aies été si bon pour moi… Je ne le méritais pourtant pas. Je me suis montrée cruelle avec toi. Mais je ne suis pas comme ça. J'ai honte.

— Ne sois pas trop dure avec toi-même. Tu as traversé des épreuves que personne ne devrait jamais avoir à traverser. Pourquoi m'aurais-tu fait confiance ? J'étais l'ennemi de ton père, et c'était pour cette raison que tu avais décidé de venir me trouver.

— Oui, mais jamais je ne t'ai vu ainsi. A mes yeux, tu étais un homme extraordinairement bon. Généreux, attentif. Je vois bien que je ne m'étais pas trompée à ton sujet. C'est ce que tu es, Stefan.

Elle était si près de lui qu'il sentait le parfum irrésistible de ses cheveux et qu'il voyait le reflet de son propre regard dans ses yeux verts.

— Ne recommence pas à m'idéaliser.

— Non, répondit-elle en souriant. Je sais que tu n'es pas un héros. Mais je sais aussi que tu es bon.

Avec un coup d'œil anxieux et reprit :

— Je me doute que le fait d'avoir perdu ta mère si jeune, dans des circonstances aussi tragiques, t'a incité à renoncer à jamais aux relations avec les femmes…

— J'ai eu beaucoup de relations avec les femmes, au contraire, s'exclama-t-il malicieusement.

— Je parle de relations durables, profondes… Pas seulement de sexe. Tu ne permets jamais à aucune femme de s'approcher trop près de toi. Et ça me bouleverse, car je pense que tu mérites une belle famille.

Le croyait-elle vraiment ? Il y avait plusieurs jours qu'il songeait lui-même à franchir un cap, mais, à vrai dire, il était terrifié.

— Tu es beaucoup trop sensible Selene, répondit-il. Cette histoire est ancienne. Ma mère n'aura été que l'une des très nombreuses conquêtes de ton père.

— Elle était forcément beaucoup plus que cela pour son mari et son petit garçon, murmura-t-elle. Et tu as toujours mal. Même si tu en parles comme d'un incident mineur, tu portes en toi cette douleur, à chaque instant. C'est la raison pour laquelle tu travailles si dur, tout en tenant les femmes à distance. Tu as peur de perdre une nouvelle fois ce que tu aimes.

— Mais je ne…

— C'est moi qui t'ai forcé à ouvrir cette plaie, l'interrompit-elle d'une voix douce. Je t'ai poussé à bout, à force de t'accuser d'avoir cyniquement cherché à exaspérer ton rival. Comme si tu pouvais être si superficiel…

— Selene, je…

— Je suis profondément désolée, murmura-t-elle en passant ses bras autour de son cou et en se blottissant contre lui.

Sans un mot, il referma ses bras autour d'elle. La douceur de ce corps de liane pressé sur son torse lui coupait le souffle. Et son parfum… Le parfum de l'un de ses savons qui le rendait fou. Il ferma les yeux dans l'espoir de contrôler le désir qui montait en lui. Mais déjà, Selene se redressait, serrant sa main dans la sienne.

— Je ne suis pas seulement venue ici pour te prier de me pardonner, dit-elle.

— Ah non ?

— Non. J'ai beaucoup de choses à te demander.

Il haussa les sourcils.

— Je t'écoute.

— Eh bien, pour commencer, j'aimerais beaucoup que tu acceptes de m'aider à monter mon entreprise.

— Mais… Tu m'avais dit que tu ne voulais pas de mon aide, s'étonna-t-il.

— J'ai été stupide. Je n'y arriverai jamais sans toi. Tu en sais davantage sur le monde des affaires que n'importe qui au monde, et, bien que tu sois moins enthousiaste que moi au sujet des bougies parfumées, je sais qu'il y a un marché. Seulement, je n'ai pas les outils pour transformer ce rêve en réalité. Si tu acceptais de m'aider, je t'en serai très reconnaissante.

Stefan esquissa un sourire. Enfin un domaine dans lequel il était à son aise…

— Volontiers, dit-il. Tu peux compter sur moi.

— Je suis prête à travailler très dur, assura-t-elle, les yeux brillants d'excitation. J'ai donné ma démission à la *taverna*. J'étais consciente de voler son travail à quelqu'un qui en a désespérément besoin. Je veux me concentrer sur mon entreprise, et si tu veux bien me prêter la somme nécessaire pour que je puisse vivre en attendant les premiers bénéfices, sache que je te rembourserai avec les intérêts. Ce serait un prêt et non un cadeau. Plus de liasses de billets sanglées dans un string…

Des quoi ? Cette femme ne cesserait jamais de l'étonner…

— C'est ce que tu avais fait ? Dans un string ? Quelle créativité !

Mais Selene ne semblait pas partager son hilarité, son regard était redevenu anxieux et elle le dévisageait silencieusement.

— Qu'y a-t-il ?

— J'ai réservé pour la fin ce qui me tient le plus à cœur, avoua-t-elle. Ce que je voudrais vraiment.

Il retint son souffle.

— Je voudrais être avec toi, Stefan. Je voudrais que nous puissions sortir ensemble, partager encore beaucoup de nuits merveilleuses… Je sais que tu ne veux pas t'engager avec une femme. C'est pourquoi je préfère me montrer tout à fait honnête : quand je te fais cette proposition, je ne peux pas m'empêcher d'espérer qu'un jour, peut-être, tu changeras d'avis, et que…

Elle sembla hésiter. Bien sûr, il devrait l'aider, lui avouer ses sentiments, mais, il était incapable de parler. Quelque chose venait de se déchirer en lui. Quelque chose de si intime qu'il en était bouleversé.

Comment avait-elle pu lire en lui aussi clairement ?

Car elle avait raison, en fait. D'une certaine façon, il n'avait jamais pardonné à sa mère sa trahison. Pour lui, elle était coupable du malheur de son père, coupable d'avoir abandonné son petit garçon juste parce qu'un milliardaire lui avait tourné la tête.

Mais aujourd'hui, grâce à Selene, tout avait changé. Plus que jamais, il était conscient de la vulnérabilité d'une femme face à son bourreau. Et puis, maintenant qu'il connaissait le vrai visage de Stavros Antaxos tous les doutes étaient permis. Peut-être avait-elle voulu fuir à la nage pour retrouver son mari et son enfant, le jour où elle avait perdu la vie ? Et même si ce n'était pas le cas… si elle avait réellement songé au suicide, elle avait dû y être poussée par les remords. Oui, aucun doute, cet homme avait dû la pousser au désespoir.

Sa famille était peut-être détruite, mais il savait qu'il ne pouvait plus vivre seul désormais.

Non, il ne pouvait plus envisager un seul instant de vivre sans Selene. Ne le savait-il pas depuis des semaines ?

— … peut-être, que je parviendrais à te faire éprouver ce que je ressens, et alors…

— Selene, interrompit-il en serrant sa main dans la sienne, je t'aime.

Elle devait rêver. Lentement, Selene releva les yeux vers Stefan. Son visage si séduisant exprimait la tension la plus vive, une tension présente dans chacun de ses traits.

— Je crois que je t'ai aimée dès le jour où tu es entrée dans mon bureau, déguisée en bonne sœur, avoua-t-il. A moins que cela ne remonte à cette soirée sur le yacht, quand tu étais une jeune fille de dix-sept ans… Je ne sais pas.

Jamais elle ne l'avait vu ainsi : si peu sûr de lui, confus, cherchant ses mots.

— Stefan, tu ne dois pas te forcer à me dire que…

— Ce soir-là, l'interrompit-il, tu me parlais de tes sentiments, de tes désirs. Tu étais si simple, si directe. Jamais je n'avais rencontré quelqu'un comme toi. Cela m'effrayait, et cela me fascinait en même temps. Plus je t'écoutais parler, plus je réalisais que les gens de mon entourage étaient… faux.

Au souvenir de cette nuit si précieuse, elle sentit son cœur se remplir de reconnaissance.

— Tu étais si gentil, si attentif, répondit-elle.

Avec un sourire ému, il serra sa main dans la sienne et reprit :

— Je crois que ce soir-là, tu m'as ôté toutes mes idées préconçues sur les hommes et les femmes, même s'il m'a fallu des années pour m'en rendre compte. Tu es unique, Selene. Je ne veux plus te quitter.

D'un geste, il l'attira dans ses bras.

— Avant de te connaître, je pensais que l'amour ne pouvait qu'être dangereux. J'ai passé ma vie à éviter ce risque. Je me suis limité à des histoires sans lendemain, superficielles et dénuées d'intérêt. Mais je ne veux plus vivre comme ça. Pour la première fois de ma vie, je me sens vivre. Je t'aime, Selene. Je te veux.

La gorge nouée, elle l'écoutait, étourdie. Quand Stefan se pencha pour s'emparer de sa bouche, elle s'agrippa désespérément à son cou et savoura la pression de ses lèvres chaudes et fermes. Avec passion, elle lui rendit son étreinte. Seigneur, il y avait si longtemps qu'elle rêvait de ce baiser ! En fait, il lui avait tellement manqué qu'elle en avait mal.

Etre dans les bras de Stefan, rien d'autre n'avait d'importance. C'était sa place, comme une évidence. C'était ce qu'elle désirait plus que tout. Alors pourquoi son cœur battait-il si fort ? Pourquoi était-elle si… terrifiée ?

Stefan recula et saisit tendrement son visage entre ses mains. Bouleversée, elle retint sa main.

— Est-ce que ce n'est pas trop compliqué ? Tu hais mon père…

— Ce n'est pas compliqué, assura-t-il en souriant. Je me fiche de ton père. Il ne pourra pas m'empêcher de t'épouser. J'espère seulement que tu ne l'inviteras pas à notre mariage…

Selene resta interdite un instant.

— Tu… Tu es en train de me demander ma main ?

— Pas encore, mais si tu me donnes une minute, nous allons y arriver.

Avec un sourire bouleversant, il sortit de sa poche une petite boîte qu'il déposa face à elle sur la table basse.

L'emballage de la boîte ne laissait aucun doute.

— C'est une de mes bougies, observa-t-elle, intriguée.

— Hum… Tu brûles. Ouvre-la. En fait, il s'agit d'un nouveau parfum développé à ton intention exclusive. Tu avais Relaxation, Energie et Séduction. Voici Love.

L'amour ?

Mais alors…

Elle ne rêvait pas : il l'aimait, et il avait l'intention de l'épouser !

Les mains tremblantes, elle défit le papier de soie qui recouvrait la bougie et aperçut un anneau, posé sur le socle.

— Je… Je ne sais pas ce qui me bouleverse le plus, avoua-t-elle. Que tu me demandes de t'épouser, ou que tu m'aies fabriqué une bougie. Je pourrai l'allumer dans notre chambre ?

— Tu pourras faire absolument tout ce que tu veux, surtout dans notre chambre, répliqua-t-il, une lueur complice dans les yeux.

Le cœur débordant de joie, elle le laissa glisser l'anneau à son annulaire et l'embrassa follement.

— Depuis combien de temps avais-tu prévu ce cadeau ? finit-elle par demander.

Son cœur battait sur un rythme endiablé. A travers le rideau de larmes qui lui brouillait la vue, elle contempla le visage de l'homme qui comblait ses rêves les plus fous. Dire qu'en venant ici elle n'osait pas croire qu'il pourrait éprouver pour elle quelque chose de proche de l'amour … Et ils étaient maintenant fiancés !

— Une dizaine de jours. Mais tu me tortures, poursuivit-il en la dévisageant avec anxiété. S'il te plaît, dis-le-moi.

— Te dire quoi ? demanda-t-elle sur son ton le plus ingénu.

— Tu le sais très bien… Et tu n'ignores pas que Maria doit attendre derrière cette porte. Elle va surgir d'une minute à l'autre. J'aurais aimé que tu me dises en privé les mots que j'attends depuis si longtemps, avant que nous ne devions le répéter en public.

Au comble de la joie, elle ne put résister au plaisir de le faire languir encore un peu.

— De quels mots parles-tu ?

— Ceux qui me diront ce que tu ressens pour moi, répliqua-t-il en la serrant plus étroitement contre lui.

— Ah, ces mots-là…

Comme elle aimait le taquiner. Galvanisée par la force de ce qu'elle éprouvait en ce moment, elle plongea son regard dans celui de Stefan.

— Je n'ai pas osé te dire ces mots-là, alors qu'ils étaient les seuls à me venir à l'esprit quand nous faisions l'amour… Je savais que tu ne voulais surtout pas les entendre.

— Selene…

— Je t'aime, Stefan.

Pour la première fois, elle disait tout haut un sentiment qu'elle portait en elle depuis l'âge de dix-sept ans. Elle n'avait plus peur, plus envie de tricher, seulement le désir de répéter ces mots à l'homme de sa vie autant de fois qu'ils le voudraient.

— Je t'aime follement, et je t'aimerai toujours, reprit-elle, bouleversée.

Pendant qu'ils échangeaient un baiser enfiévré, ils ne s'aperçurent pas que la porte s'était ouverte. Mais de vifs applaudissements les s'interrompirent bientôt.

Visiblement Maria n'avait pas perdu son temps. Une foule de personne se pressait maintenant dans le bureau de Stefan. Selene ne put s'empêcher de rire en voyant s'approcher Takis et toute l'équipe de sécurité.

— Que faut-il donc faire pour avoir droit à un peu d'intimité ? ronchonna Stefan.

— Nous sommes venus vous souhaiter tout le bonheur du monde, dit Maria en posant deux bouteilles de champagne sur la table.

Elle se tourna aussitôt vers Selene et déclara :

— Je suis vraiment très heureuse pour vous… Je sais que c'est un peu tôt dans la matinée, mais j'ai pensé que le champagne était approprié.

— Vous avez écouté à la porte ? demanda Stefan en la toisant d'un regard faussement sévère.

— Bien sûr, confirma Maria d'un ton léger.

— Le champagne ne pouvait pas mieux tomber, assura Selene en adressant un clin d'œil à Stefan.

Tout en jetant un regard prudent à son patron, Takis vint déposer un plateau de flûtes sur la table. Puis, il alla embrasser Selene.

— Merci d'avoir veillé sur moi avec tant de dévouement, dit-elle en lui rendant chaleureusement son embrassade.

— Si tout le monde pouvait cesser d'embrasser ma future épouse, intervint Stefan, cela me permettrait de le faire moi-même ! Il semble que je n'aie plus aucune influence sur ceux qui travaillent dans ces bureaux…

— C'est une occasion très spéciale, boss, répondit Takis. Certains d'entre nous attendaient ce jour depuis longtemps.

Profondément touchée, Selene prit l'une des bouteilles et la lui tendit.

— Ouvrons ce champagne ! s'exclama-t-elle. J'ai toujours rêvé de boire du champagne avant midi. Mais sans maux de tête, si possible !

— Ouvrons-le, renchérit Takis en offrant des verres à chacun. De toute façon, le champagne est une boisson inévitable dans les affaires. C'est une journée comme une autre au siège de Ziakas Corporation…

— On voit bien que vous ne connaissez pas les effets du champagne sur Selene, observa Stefan.

— Voyons, je suis charmante quand je bois du champagne, non ? se défendit-elle. Et Takis est là pour me protéger en cas de danger.

— Non. Désormais, c'est mon travail, et je compte bien l'assumer à plein temps, répliqua Stefan en l'attirant contre lui pour l'embrasser. Ce qui est parfait, quand on compte traverser la vie une coupe de champagne à la main.

Elle lui sourit.

— De vrais miracles se produisent parfois quand

on boit du champagne, ajouta-t-elle avec malice. Tu en sais quelque chose.

— Oui, reconnut-il, les yeux brillants du même bonheur. C'est vrai.

Dès que Takis eut empli les coupes, Selene leva la sienne en direction de son futur époux.

— A ce qu'il paraît, quatre compagnies de publicité attendent juste à côté, soupira-t-elle. Tous ces gens vont penser que tu n'es pas professionnel…

— Qu'ils pensent ce qu'ils veulent, dit Stefan en répondant à son toast avant d'effleurer sa bouche d'un baiser. Pour une fois, je vais mélanger les affaires et le plaisir.

collection *Azur*

Ne manquez pas, dès le 1er décembre

UN BOULEVERSANT NOËL, Cathy Williams • *N°3415*

Lorsque son patron exige qu'elle l'accompagne dans sa demeure familiale des Caraïbes pour préparer une importante réunion, Jamie sent la panique l'envahir. Ce qui, quelques jours plus tôt, l'aurait emplie de joie – quel meilleur environnement de travail qu'une plage de sable blanc et la mer à perte de vue ? – la plonge aujourd'hui dans le désarroi le plus total. Car, si elle pensait être insensible au charme légendaire de Ryan Sheppard, elle sait maintenant, depuis le fougueux baiser qu'ils ont échangé le soir du réveillon, qu'il n'en est rien. Comment, alors, ne pas frémir d'angoisse à l'idée de la dangereuse cohabitation qui s'annonce ? Car tomber amoureuse de son patron est une erreur qu'elle s'est juré de ne pas commettre...

UN ENVOÛTANT TÊTE-À-TÊTE, Carole Mortimer • *N°3416*

Quand elle apprend que son grand-père a autorisé Jaxon Wilder, le célèbre réalisateur, à tourner un film sur leur famille, Anastasia est furieuse. N'ont-ils pas déjà assez souffert de tous les mensonges publiés à leur sujet ? Mais lorsqu'elle aperçoit Jaxon pour la première fois, la fureur d'Anastasia se transforme en panique. Car le désir immédiat qu'elle ressent pour lui dépasse tout ce qu'elle a jamais connu. Dans ces conditions, sera-t-elle capable de lui cacher son trouble pendant toute la semaine qu'ils doivent passer ensemble à étudier les archives familiales, et éviter ainsi d'être une conquête de plus sur la longue liste de ce séducteur notoire ?

UN SERMENT POUR NOËL, Margaret Mayo • *N°3417*

« Je viens pour ma fille. » Lorsque Luigi Costanzo surgit sur le pas de sa porte pour exiger de reprendre sa place dans sa vie et celle de leur petite fille de quatre ans, Megan comprend que son pire cauchemar est en train de se réaliser. Comment ose-t-il lui imposer sa volonté alors qu'il ne lui a jamais témoigné que froideur et indifférence du temps de leur mariage ? Pourtant, devant l'inflexibilité de son ex-époux, Megan sent qu'elle n'a pas le choix : si elle ne veut pas qu'il lui enlève sa petite Charlotte, elle va devoir accepter le marché que lui propose Luigi et reprendre sa place d'épouse à son côté. Mais ne prend-elle pas un risque insensé en retournant vivre auprès de cet homme qui lui a brisé le cœur, tout en gardant le pouvoir de l'embraser d'un simple regard ?

AU BRAS D'UN SÉDUCTEUR, Lynn Raye Harris • *N°3418*

« Et bien sûr, vous venez avec moi, Mademoiselle Black ! » Lorsque son patron exige qu'elle l'accompagne à une soirée professionnelle, Faith sent la panique l'envahir. Impossible de refuser, tant elle a besoin de son travail. Mais ne prend-elle pas un risque énorme en se rendant à cette réception à ses côtés ? Car, si elle sait que Lorenzo D'Angeli fait la une des journaux à chacune de ses apparitions en public, elle refuse, quant à elle, de devenir la proie des journalistes. Et il y a pire : en robe de soirée, une coupe de champagne à la main et au bras de l'homme le plus séduisant qu'elle ait jamais rencontré, sera-t-elle capable de résister au désir fou qu'il lui inspire ?

UN FIANCÉ SOUS CONTRAT, Michelle Conder • *N°3419*

Quand elle propose à Valentino Bianchi de jouer le rôle de son fiancé pour un déplacement professionnel, le temps d'un week-end, Miller sait qu'elle prend un risque énorme. Après tout, elle connaît à peine Valentino et, avec son physique époustouflant et son regard de braise, qui pourrait bien croire qu'il s'intéresse à elle ? Mais, une fois sur place, Miller comprend toute l'étendue de son erreur. La promotion pour laquelle elle a tant travaillé dépend entièrement de ce week-end : comment pourra-t-elle se concentrer alors que la simple vue de cet homme lui fait perdre tous ses moyens ?

POUR UNE NUIT D'AMOUR..., Helen Brooks • *N°3420*

Lorsque Mélanie se réveille contre le torse musclé de celui qui sera sous peu son ex-époux, elle sent la panique l'envahir. Ne s'était-elle pas juré de garder désormais ses distances avec Forde ? Comment a-t-elle pu oublier cette résolution, et passer une nuit passionnée entre ses bras, alors qu'ils sont sur le point de divorcer ? Profondément désemparée, Mélanie décide de s'enfuir avant qu'il ne se réveille. Mais quand, quelque temps plus tard, elle découvre qu'elle est enceinte, elle comprend que, cette fois, elle va devoir affronter Forde...

UN TROUBLANT DÉSIR, Anne Oliver • *N°3421*

Blake Everett ! Jamais Melissa n'aurait imaginé que l'homme dont elle est tombée follement amoureuse des années plus tôt, et qui a quitté la ville depuis plus de dix ans, ferait un jour irruption chez elle, au milieu de la nuit. Cela pourrait ressembler à une scène tirée d'un de ses rêves les plus fous, sauf que Blake affirme être le propriétaire du bateau sur lequel elle vit, et semble déterminé à récupérer son bien ! Pour Melissa, pas question de se laisser chasser. Mais la négociation serait plus facile s'il n'avait pas gardé le pouvoir d'éveiller en elle de délicieux frissons. Des frissons décuplés par le désir qu'elle voit briller au fond de ses yeux..

QUELQUES JOURS DE PASSION, *Sharon Kendrick* • *N°3422*

Arrogant, autoritaire et hautain, Titus Alexander, duc de Torchester, est l'homme le plus insupportable que Roxy ait jamais rencontré. Aussi, lorsqu'il lui propose de travailler pour lui à l'occasion de la grande fête qu'il organise pour son anniversaire, n'a-t-elle qu'une envie : lui dire ses quatre vérités et lui claquer la porte au nez. Hélas, après avoir perdu son emploi et son logement dans la même journée, elle a terriblement besoin de cet argent. La mort dans l'âme, elle se résout donc à accepter cette mission de quelques jours. Quelques jours pendant lesquels elle va devoir résister au désir que lui inspire, contre toute raison, cet homme qui ne lui cache pas, quant à lui, tout le mépris qu'il a pour elle...

LE DÉFI DE TRAVIS WILDE, *Sandra Marton* • *N°3423*

- Indomptables séducteurs - 3ème partie

Juste une expérience ? Travis Wilde est hors de lui. Ainsi, ce qui a été pour lui la nuit de passion la plus torride, la plus inoubliable de son existence - pourtant loin d'être monacale - n'était pour Geneviève qu'une vulgaire *expérience* ? Un simple moyen de perdre son innocence ? Furieux et blessé, il jette sans ménagement la jeune femme hors de chez lui. Pourtant, alors que les jours passent, il doit se rendre à l'évidence : Geneviève lui a fait perdre la tête. Et quand le hasard la remet sur sa route une semaine plus tard, il n'hésite pas une seconde avant de se diriger droit sur elle. S'il veut l'oublier, il doit d'abord assouvir son désir, et il ne reculera devant rien pour la remettre dans son lit...

L'HÉRITIER DE HAVERTON MANOR, *Melanie Milburne* • *N°3424*

Pour échapper au désir brûlant qu'éveillait en elle Eduardo Silveri, l'homme en qui son père voyait le fils qu'il n'avait jamais eu, Bella n'a plus mis un pied dans la vaste demeure familiale de Haverton Manor depuis des années. Mais, aujourd'hui, elle n'a pas d'autre choix que d'affronter Eduardo : depuis la mort de son père, il est son tuteur légal, et lui seul peut lui donner l'autorisation dont elle a besoin pour se marier. Hélas, dès qu'elle revoit Eduardo, Bella comprend que la partie est loin d'être gagnée. Non seulement il n'est pas du tout disposé à lui donner l'accord dont elle a besoin, mais le désir qu'elle éprouve pour lui est toujours aussi fort. Un désir auquel il lui est plus que jamais interdit de céder...

A paraître le 1er novembre

Best-Sellers n°585 • suspense

Jamais je ne t'abandonnerai - Antoinette Van Heugten

Son enfant est innocent. Elle le sait comme seule une mère peut en avoir la certitude. Pour défendre Max, elle aura tous les courages.

Que se passe-t-il ? Danielle Parkman ne reconnait plus son fils. Plus du tout. Pourtant, elle n'imagine pas un instant que la terrible maladie dont Max souffre ait pu transformer le petit garçon tendre et attentionné qu'il était en adolescent au comportement inquiétant. Certes, l'autisme est un mal étrange mais, quoiqu'en disent les médecins, elle seule connaît le cœur de son enfant. Et elle a confiance en lui.

Jusqu'au jour où Max est accusé du meurtre d'un patient hospitalisé dans le même établissement que lui. Sous le choc, Danielle est aussitôt assaillie par un terrible doute : se pourrait-il qu'elle se soit trompée ? Non, c'est impossible. Max n'a fait de mal à personne. Par chance, l'avocat Tony Sevillas, le seul qui semble la croire, fait tout pour défendre sa cause : avec lui, Danielle est prête à braver la peur et le doute pour que la vérité triomphe. Et jamais, jamais, elle n'abandonnera Max.

Best-Sellers n°586 • suspense

L'inconnu de Home Valley - Karen Harper

Une famille à chérir, un champ de lavande à cultiver, et la prière pour la guider. Ella connaît son bonheur de vivre auprès des siens, dans la paisible communauté amish de Home Valley, Ohio. Aussi est-ce avec une certaine inquiétude qu'elle voit arriver chez elle un *ausländer*, un étranger que ses parents ont accepté d'héberger à la demande du FBI. Cible de dangereux criminels contre lesquels il va témoigner, Andrew devra vivre caché sous l'identité d'un amish jusqu'au jour du procès.

Face à cette intrusion dans son univers, Ella se sent perdue. Car si elle est prête à aider Andrew, elle pressent aussi que ce dernier représente une menace pour sa communauté. Pour sa communauté, et pour son cœur, si elle en croit le trouble qui s'empare d'elle chaque fois qu'elle pose les yeux sur lui. Une crainte qui ne fait que se confirmer, lorsque la violence fait soudain irruption dans la vallée, la contraignant à fuir en compagnie du seul homme qu'il lui est interdit d'aimer…

Best-Sellers n°587 • thriller

Le couvent des ombres - Lisa Jackson

La cathédrale de La Nouvelle-Orléans… Au pied de l'autel gît le corps sans vie d'une jeune novice vêtue d'une robe de mariée jaunie. Autour de son cou, un collier de perles écarlates…

Camille, sa petite sœur adorée, est morte. Si seulement Valerie avait pu convaincre sa cadette de quitter ce couvent austère et angoissant, Camille serait vivante aujourd'hui !

Bouleversée, révoltée par ce meurtre, Valerie Renard, une ex-policière, décide de mener sa propre enquête, parallèlement à celle de Rick Bentz et Ruben Montoya, les inspecteurs chargés de l'affaire. Car Valerie le sait : le couvent Sainte-Marguerite n'est pas la paisible retraite que tout le monde imagine, et tous ceux qui y résident, du séduisant père Frank O'Toole à la sévère mère supérieure, semblent avoir quelque chose à cacher. Camille elle-même avait une vie secrète, des zones d'ombre que Valerie ne soupçonnait pas.

Une découverte qui pourrait faire d'elle, si elle découvrait la vérité, la prochaine proie du tueur.

Best-Sellers n°588 • roman

Retour au lac des Saules - Susan Wiggs

A présent que sa fille a quitté la maison, Nina Romano s'apprête à réaliser son rêve de toujours : racheter et rouvrir l'auberge du lac des Saules. Aussi est-elle furieuse d'apprendre que le domaine vient d'être vendu à Greg Bellamy, qu'adolescente elle aimait en secret. En secret, car Greg, le fils de riches propriétaires de la région, était d'un autre monde que le sien. Inaccessible et hautain, il l'avait fait souffrir, et à présent, de retour après un divorce mouvementé, il parvenait encore à lui voler sa part de bonheur…

Pourtant, quand il lui propose de s'associer avec lui, Nina hésite, déchirée entre sa méfiance envers ce rival déloyal, et son attirance pour un Greg encore plus séduisant qu'autrefois…

Best-Sellers n°589 • roman

Le parfum du thé glacé - Emilie Richards

Alors qu'une tempête menace les rivages coralliens de la presqu'île de Happiness Key, cinq femmes vont mettre à l'épreuve leur amitié et, en chemin, découvrir l'amour.

La vie amoureuse de Tracy Deloche, ancienne jet-setteuse, traverse une sérieuse zone de turbulences… Mais heureusement pour elle, elle a le soutien complice de quatre de ses amies, qui louent les petits pavillons qu'elle possède en bord de mer. Il y a la pétulante Wanda, toujours prête à rire, qui régale tout le monde de ses pâtisseries décadentes. Mais aussi Janya, la jeune et superbe Indienne qui, malgré un mariage arrangé compliqué, rêve de devenir mère. Ainsi qu'Alice, la courageuse Alice, qui élève seule sa petite-fille bientôt adolescente. Sans oublier Maggie, l'ex-policière et discrète fille de Wanda, dont la vie sentimentale chaotique n'a rien à envier à celle de Tracy.

Et tandis qu'histoires d'amour et de famille s'enchevêtrent avec tumulte, une tempête tropicale se prépare, rabattant en rafales secrets et surprises vers les rives de Happiness Key. Pour les cinq amies, c'est l'occasion de découvrir qu'elles ont plus que jamais besoin les unes des autres…

BestSellers

Best-Sellers n°590 • roman

Coup de foudre à Icicle Falls - Sheila Roberts

Avec consternation, Samantha découvre que la chocolaterie familiale, installée à Icicle Falls depuis des générations, est au bord de la faillite : la gestion fantaisiste et les dépenses mirobolantes du précédent directeur ont eu raison des finances de l'entreprise à laquelle elle est passionnément attachée. Pour l'aider à redresser la situation, Samantha ne peut guère compter sur ses deux sœurs, certes aimantes mais totalement incompétentes en la matière, ni sur sa mère, incapable d'accepter la réalité. Aussi n'a-t-elle qu'un seul espoir : convaincre le directeur de la banque de la soutenir. Sauf que le directeur en question, Blake Preston, est un arrogant play-boy totalement insensible. Et bien trop beau pour se donner la peine d'aider une jeune femme comme elle…

Best-Sellers n°591 • historique

Les secrets d'une lady - Nicola Cornick

Londres, novembre 1814.

Lady Merryn Fenner mène une double vie. Aux yeux de tous, elle est une lady comme les autres, une femme délicate et raffinée qui fréquente les salons et les salles de bal. Qui pourrait croire que sous ses dehors fragiles se cache une femme bien différente qui ne craint pas de travailler en sous-main pour le détective Tom Bradshaw, un homme au passé louche ? Ce travail, elle ne l'a accepté que pour une seule raison : trouver les preuves qu'elle cherche. Douze ans plus tôt, en effet, son frère a été tué en duel par Garrick Farne, un homme qu'elle aimait en secret. Or, elle a aujourd'hui toutes les raisons de croire qu'il s'agissait en réalité d'un assassinat. Un crime qu'elle veut absolument voir puni.

Best-Sellers n°592 • historique

Le clan des MacGregor - Nora Roberts

Glenroe, Ecosse, 1745.

Dix ans se sont écoulés depuis que, par une nuit glacée, Serena a vu les soldats anglais faire irruption dans le fief des MacGregor à la recherche de Ian MacGregor, son père, injustement accusé de meurtre. Dix ans qui n'ont rien effacé de la terreur qu'elle a éprouvée alors, et de l'horrible humiliation subie par Fiona, sa mère, violée par un officier lâche et cruel. Lors de cette nuit tragique, Serena est devenue une autre : la petite fille douce et innocente qu'elle était a brusquement connu la haine et la soif de vengeance, et s'est juré de ne jamais pardonner…

Depuis dix ans, pas un Anglais n'a franchi le seuil du manoir familial. Aussi est-ce avec une hostilité farouche que, sur ordre de son père, Serena accueille Brigham Langston, le fier et impétueux comte d'Ashburn, à qui son frère aîné doit la vie. Un aristocrate anglais qu'elle considère comme son pire ennemi, mais qui va la contraindre à un impossible choix…

Composé et édité par les
éditions HARLEQUIN
Achevé d'imprimer en octobre 2013

BRODARD & TAUPIN

La Flèche
Dépôt légal : novembre 2013
N° d'imprimeur : 3001822

Imprimé en France